DÖDSSKUGGANS DAL

Ur Byrån för ovanliga händelsers arkiv 4

Dödsskuggans dal

HÅKAN BORG

FSC
www.fsc.org
MIX
Papper från ansvarsfulla källor
Paper from responsible sources
FSC® C105338

Förlag: BoD – Books on Demand, Stockholm, Sverige

Tryck: BoD – Books on Demand, Norderstedt, Tyskland

Omslag: Linda Axelsson

ISBN: 978-91-8057-845-5

Prolog

Jayden vaknade några minuter efter midnatt. Någonting var fel men han kunde inte för sitt liv förstå vad. Försiktigt petade han på sin fru och viskade:

– Alanis, är du vaken?

Alanis mumlade djupt inne i sin kudde.

– Vad? Vad är det? Jag försöker sova.

Hon fräste surt samtidigt som hon rullade in sig i täcket och vände sig in mot väggen.

Jayden satte sig försiktigt upp och lyssnade spänt. Nu var det helt tyst. Han kunde ha svurit på att han hört getterna bräka alldeles nyss. De illaluktande kräken brukade aldrig väsnas på natten men något hade tydligen fått dem att bli oroliga. Han petade på Alanis igen.

– Lyssna, hör du inte?

Alanis Lyfte på huvudet och lyssnade yrvaket innan hon muttrade något om att getterna var hans uppgift att sköta och att hon skulle upp tidigt i morgon. Med en sur grymtning drog hon åt sig täcket och tryckte kudden över huvudet. Han suckade och slängde benen över sängkanten, vad det än var så var han tvungen att kolla upp det. Han såg med en avundsjuk min på sin fru som redan hade somnat om.

Deras lilla gård låg i slutet på Caminovägen och bortom Jaydens betesmarker tog skogen över. Puerto Rico är inte jättestort men ön är mer eller mindre täckt av regnskog. Något han vetat redan som liten var att om inte getterna betade av markerna skulle snart regnskogen komma krypande och sluka de små öppna plättarna som omgav gården. Han stoppade fötterna i sina slitna tofflor och slängde en minst lika sliten morgonrock över ryggen.

Månen lyste från en klar himmel och spred ett blekt, spöklikt ljus över marken. Han skulle åtminstone kunna gå ut till getterna utan att snubbla. Tyst stängde han dörren bakom sig för att inte störa sin fru. Stående på verandan spanade han ut i mörkret för att se i vilken riktning getterna sprungit. Han ville för död och pina inte behöva irra runt och leta efter dem. Natten var insekternas tid och han hade inte tagit på sig något myggmedel. Efter ett par steg var han innesluten i ett moln av blodsugande myggor. Irriterad och ivrigt viftande försökte han lyssna genom det nu konstanta surrandet. Ett knak som från något som rörde sig inne i buskagen visade honom åt rätt håll. Getterna verkade inte gått allt för långt. Vad han inte kunde förstå var varför kräken hade varit tvungna att vandra in i skogen när det var mörkt. Normalt brukade de hålla sig ute på de öppna fälten, men inte i natt. Nej då, naturligtvis var de tvungna att smita in i djungeln mitt i natten. Småsvärande över djuren tassade han in i trädens skuggor. Marken blev svart som tjära under trädkronorna och han hade svårt att se var han satte fötterna. Med försiktigt trevande steg hasade han längre och längre in i skogens skuggande mörker.

Någonstans framför sig hörde han ett brummande ljud. Med förvånad min stannade han och lade huvudet på sned. Myggorna surrade runt hans öron och gjorde det svårt att höra. Han försökte låta bli att störas av de fördömda blodsugarna och lyssnade igen. Prassel i lövverken och ett tydligt brummande, nästan vibrerande ljud. Han lyfte på ett par grenar för att försöka se in i mörkret men ingenting syntes. Svisch, knak, och så brummandet igen. Det verkade som om ljudet flyttat sig en bra bit på bara någon sekund. Vad i hela friden var det för något? Med en något tveksam rörelse böjde han sig ner och tog upp en grov gren från marken. Med ett rejält grepp om sitt nya, om än något primitiva, vapen fortsatte han vaksamt framåt. Vad det än var som brummade så lät det som något mekaniskt, eller? Han var inte helt säker men inte kunde det vara ett djur som lät så konstigt. Svisch, knak, ljudet förflyttade sig igen. Jayden ångrade bittert att han inte tagit med sig en ficklampa.

Månens bleka ljus nådde inte ner under träden och han kände rädslan komma krypande ju längre från de månbelysta betesmarkerna han kom. När han tog nästa steg trampade han på något mjukt. Förskräckt hoppade han bakåt men stötte genast mot något annat och föll. Han fann sig plötsligt liggande bredvid en varm djurkropp. Runt honom låg ytterligare ett par av hans getter. Deras svarta ögon stirrade tomt ut i natten och i bröstkorgen gapade tre små hål. Han famlade förskräckt efter sin cigarettändare. Med darrande händer fick han på tredje försöket liv i den lilla lågan. Runt honom låg flera livlösa djurkroppar.

Försiktigt lyfte han den fladdrande lilla lågan över huvudet, marken var täckt av döda getter. Hans blick följde oförstående raden med döda djur fram till buskagens svarta ridå. Det rasslade nu även till i buskarna bakom honom och det brummande ljudet blev genast kraftigare. Vad det än var för hemska odjur som dödat hans getter så var de fler. Han hade hört det märkliga brummandet framför sig och nu hade han ett av odjuren bakom sig också. Med panikslagen blick vred han försiktigt på huvudet. I skenet från den lilla lågan såg han något han först inte förstod. En skugglik varelse utan någon riktig siluett dök plötsligt upp i ljuset. Utan förvarning upphörde det brummande ljudet och ur den suddiga fläcken uppenbarade sig en vederstygglig varelse. Ett grått ödlelikt odjur med vad som såg ut som vingar på ryggen. Uppe på dess breda huvud spretade en rad ojämna taggar. Varelsen fixerade honom med stora svarta ögon. Ögonblicket senare öppnade den sin käft och spottade ut något som Jayden först trodde var ett ben. Den grova knölpåken som han nyss hållit framför sig rycktes ur hans grepp och försvann in i varelsens käft. Jayden väntade inte för att se vad varelsen hade för avsikt att använda den till, han sprang.

Det finns många olika skäl för en människa att springa, man kan vara sen till bussen eller bara ha bråttom till något som för tillfället anses vara viktigt. En del springer till och med för att de tycker att det är roligt. Jayden sprang inte av någon av de anledningarna. Han sprang i vild panik och för att försöka rädda sitt liv. Inte för att han visste vad han flydde i från men i samma ögonblick som han tappade knölpåken hade han börjat springa. Bakom honom började varelsen att brumma och förvandlades återigen till en konturlös skugga. Med galen blick rusade Jayden ut i månljuset och vidare mot huset. Han hade inte en aning om vad det var han sett eller ens om det var på riktigt. Kanske var det bara en fruktansvärd mardröm. Vad det var spelade egentligen ingen roll, det hade skrämt honom från vettet. Han skrek förtvivlat samtidigt som hans fötter smattrade mot marken i en rasande fart. Avståndet mellan skogens kant och boningshuset var normalt sett bara en liten kort bit men nu verkade det som om huset flyttade sig bort från honom. Så långt som det var nu mellan huset och skogen hade det aldrig tidigare varit. Plötsligt fladdrade först en skugga förbi honom och ögonblicket senare ytterligare en. När han bara hade femton meter kvar upptäckte han att vägen till tryggheten var blockerad av två av de brummande skuggorna. Han stannade tvärt och förstod slutligen att han inte skulle klara sig. Han skulle komma att dö på precis samma sätt som sina getter. Om ett ögonblick skulle han också ligga på marken med tom blick och tre hål i bröstet. Först slutade ett av monstren att brumma och förvandlas till en vidrig ödlelik varelse, sedan det andra. Han blundade hårt och väntade på det oundvikliga slutet.

– Vad i hela friden håller du på med? Ska du väcka hela grannskapet?

Alanis ilskna röst skar likt en kniv genom nattens mörker. Varelserna vände sig blixtsnabbt om och väste hest när de bländades av ficklampans sken. När Jayden slutligen vågade öppna ögonen var allt över. Monstren som spärrat hans väg var inte längre kvar. De hade så fort ljuset från ficklampan träffat dem börjat brumma och sedan bara försvunnit. Det fanns inte ett spår kvar, endast lite damm som virvlade i luften där de tidigare stått. Alanis var först rasande på honom för att han skrikit som en galning ute i skogen men när hon såg hans skräckslagna min tystnade hon. Alanis visste att även om Jayden inte var någon hjälte så var han heller inte någon fegis. Vad det än var han mött ute i skogen så måste det ha varit något fruktansvärt. Hon hjälpte honom in i huset med en orolig rynka mellan ögonen. Han stapplade in efter henne och låste noga dörren innan han vacklade fram till barskåpet och ryckte åt sig romflaskan. Med ett ansiktsuttryck som om han mött självaste djävulen såg han med uppspärrade ögon på sin fru. Ett darrande finger pekade först stumt mot skogen innan han med en röst som lät som om den kom från andra sidan graven förklarade:

– De är döda, allihop. Getterna är döda och det var vampyrskuggor som dödade dem.

När han sedan ringde till den lokala polisen vägrade de först att tro honom. Med tanke på hur uppjagad och svamlande han lät var det kanske inte så konstigt. Alanis tröttnade så småningom på hans hackande och stammande och tog helt sonika telefonen ur hans hand. När hon talat med den vakthavande polisen en lång stund hade han slutligen gått med på att skicka en bil. Polisen hade naturligtvis inte förstått vad det var som hänt och det skulle de nog heller aldrig göra.

Tre timmar senare kom en trött polisman till gården för att ta reda på vad som hänt. Det tog inte många minuter innan den sömnige mannen var klarvaken. Runt hans fötter låg ett sjuttiotal döda getter. Samtliga var tömda på blod och allihop hade tre hål i bröstkorgen. Jayden vägrade att gå i närheten av skogen så det var Alanis som visade polisen till platsen.

Hon stod bakom den uniformsklädda mannen och kunde tydligt se hur han tappade all färg i ansiktet, till och med mannens nacke blev blek. Med darrande händer drog han upp sin komradio och begärde in samtliga enheter. Han var övertygad om att djävulens själv hade besökt den lilla skogsdungen.

Först kom ett antal polisbilar och efter ett par timmar rullade även två lastbilar in på gården. Flaken var fulla av soldater och i en av takluckorna stod en officer och såg viktig ut. Tydligen tog myndigheterna Jaydens berättelse på allvar.

Chef för operationen blev överste Roberto Zanto. Han var en officer som vägrade tro någonting alls innan han blivit överbevisad. När Jayden stammande och ytterst motvilligt blivit tvungen att berätta om sina upplevelser hade översten högdraget rynkat på näsan.

– Svarta monster som förvandlades till skuggor? Är du säker på att de inte bara gick upp i rök?

Jayden ryckte uppgivet på axlarna, han var inte säker på någonting längre. Ynkligt pep han:

– Kanske gick de upp i rök, jag vet inte säkert.

– Nåväl, vi ska göra vårt bästa för att hitta dina monster. Mina män kommer att genomsöka hela den fördömda skogen. Finns det och någon, eller något som gömmer sig där kommer vi att hitta dem.

Det tog fyra dagar innan översten blåste av sökandet. Det mesta av skogens buskar och träd var nu sönderkörda av de tunga fordonen och låg likt grön överkokt spagetti på marken. Hans soldater hade inte hittat några monster. De hade förvisso hittat en märklig sak men i överstens ögon var det bara bevis på att det fanns galna människor som besökte den här delen av djungeln. Hade några av den uppjagade bondens fantasimonster funnits i skogen skulle hans soldater ha hittat spår efter dem. Men som sagt, det var en sak de funnit som översten hade svårt att förklara.

På den andra dagens sökande hade en av soldaterna funnit en liten grotta. De hade inte lagt märke till den när de åkt ut på morgonen men när de båda lastbilarna passerat platsen några gånger hade växtligheten som tidigare täckt grottans mynning malts ner till slask. Sökgruppen hade förmodligen ändå missat den om inte en av lastbilsförarna blivit kissnödig. När han med en tvärnit stannat bilen, vilket fick soldaterna på flaket att svära, och hoppat ner från hytten tog han några steg in bland buskarna. Föraren var en något pryd man och ville inte blotta sig inför de fortfarande ilsket svärande männen uppe på flaket. Han förde undan ett par stora ormbunksblad och hajade till. Bakom den tunna lövridån syntes en smal öppning i berget. Kanske hade han struntat i den lilla öppningen om det inte varit för den fruktansvärda stanken. Han gick inte in själv men beordrade ett par av grabbarna på flaket att undersöka saken. De såg missmodigt på honom när de kände stanken men drog upp sina halsdukar över munnen innan de gick in. Den smala öppningen vidgades en bit in och blev till ett större hålrum. En märklig syn mötte dem där inne. Golvet var täckt av ett decimetertjockt lager slem och i den illaluktande sörjan stod en mängd identiska stenar uppställda i märkliga mönster. De båda soldaterna backade försiktigt ut, noga med att inte röra någonting. Det tog fram till nästa morgon innan översten fick reda på deras upptäckt. Med en morrning reste han sig och föste de båda soldaterna framför sig. Det blev ytterligare en resa ut i den nu till största delen sönderkörda djungeln. Översten hade med en kraftansträngning stått emot den vidriga stanken och trängt sig in i den slemfyllda grottan. En kort blick på golvet hade övertygat honom om vad han hade att göra med.

– Voodoo ska inte förekomma i mitt land. Avlägsna alla stenar och förbered dem för transport, fräste han samtidigt som han sparkade mot en av stenarna.
Han missade och sparkade i stället upp en rejäl skvätt av det illaluktande slemmet. Den ena av de båda soldaterna hade mindre tur än den andra och var plötsligt översköljd av klegg. Den olycksalige soldaten såg anklagande på sin överste med den stinkande geggan rinnandes nerför ansiktet. Översten låtsades som om han inte märkt att han just kladdat ner en av sina män. Med en bister min stirrade han på stenformationen som nu börjat krympa inne i grottan. Översten ansåg sig vara en handlingens man, ingen skulle kunna använda den här platsen för sin vidriga avgudadyrkan igen. I sin rapport skrev han om sina slutsatser.

”Då samtliga djur var tömda på blod men bara hade tre små hål i kroppen misstänker jag att onda människor ligger bakom. En grotta som uppvisade tydliga tecken på avgudadyrkan fanns i närheten av platsen. Min slutsats är att den för brottet utsatta bonden blivit offer för ett satanistdåd utförda av en grupp Voodoodyrkare och bör därför ersättas av staten för sina förluster. Bilder finns med i dokumenteringen som visar hur grottan såg ut före och efter avlägsnandet av de stenar som ställts i ett labyrintmönster på golvet. De stod till en tredjedel nedsänkta i

slem som täckte grottans golv. Samtliga stenar fraktades från platsen för att inte kunna användas för att återställa grottan av dessa förskräckliga människor."

Precis som han skrev hade sökgruppen avlägsnat stenarna och lastade dem på flaket till sin lastbil. En av soldaterna nämnde förvisso att det var konstigt att alla stenar såg precis likadana ut men ingen hörde honom. Vid det tillfället stank det nämligen värre än om röven på en magsjuk skunk uppe på flaket. De andra soldaterna hade alla fullt upp med att försöka få lite frisk luft. När de passerade hamnen tröttnade en av männen och bultade på bilens tak. Det fick banne mig räcka nu, här åkte stenarna av. De dumpade dem helt enkelt i högen med stenar som fartygen ibland använde som barlast. De här "stenarna" skulle på så sätt olyckligtvis komma att spridas över världen.

Myndigheterna i Puerto Rico släppte så småningom en detaljerad rapport om hur satanister hade dödat ett antal djur i distriktet Mocha. De var få som någonsin skulle läsa den men bland de små byarna på ön spred sig en annan sanning. Legenden om vampyrerna i Mocha fick ett stadigt grepp om människorna på landsbygden. Polisen och militären var kanske övertygade om att det var en mänsklig hand bakom dödandet men folket anade att något mörkare och betydligt farligare låg bakom. Från 1975 och framåt låste man sina dörrar om nätterna och försökte undvika att röra sig ute i skogen när det var mörkt. För människorna som bodde på ön Puerto Rico hade skogen blivit en mycket farligare plats.

1 Kärleksproblem i björkskogen

– Vänster, vänster, höger, men hur svårt ska det vara? Lyssnar du på mig eller drömmer du bara?
Han daskade till henne i baken med flatsidan av svärdet.

– En gång till och försök att vara vaken den här gången.
Jan slog ut med svärdet och mötte hennes, det klang som av kyrkklockor uppe i den lilla björkdungen ovanför stuga 32 Han slog sina inövade slag och hon parerade. Lisa såg snudd på uttråkad ut. När han anföll nästa gång lät hon sitt lilla svärd blockera ett hugg uppifrån innan hon vred klingan mot marken. Jans svärd gled längs hennes så att han av egen kraft slog sig själv till marken. Blixtsnabbt ställde hon en fot på hans svärdsblad och satte sitt större svärd mot hans bröst. Spetsen vilade retfullt mot de förstärkta bröstplåtarna och hon log. Han morrade ilsket och välte henne överända när han med ett ryck drog bort klingan under hennes fot. Hon flinade fortfarande när hon satte sig på rumpan.

– Den du, den såg du inte komma va?

– Snälla du, muttrade han, det här är ingen tävling. Skulle du behöva använda dina färdigheter i en duell så visst, men vi övar för att överleva när vi jagar. Du måste lära dig att slå flera slag i en serie och inte bara ett hugg.

– Ett hugg har fungerat bra hittills, flinade hon där hon satt på marken.

Vad hon inte kunde förstå var varför denna träning plötsligt blivit så viktig. Jan hade ju alltid sagt att svärdet bara var en symbol för en jägare. Det var inte länge sedan sagt att ingen ville komma så nära ett troll att det gick att nå med ett svärd. Hon hade förvisso mer än en gång motbevisat hans tes genom att avsluta en jakt med just svärdet men det borde inte ha påverkat Jan. Nu gjorde de inget annat än att öva svärdshantering. Normalt hade hon inte haft några problem med att öva fäktning men nu var det inte fri träning utan innötning av rytm de höll på med, skittråkigt. Hon hade inget annat ord för det, skittråkigt helt enkelt.

– En gång till, kom igen, han viftade med sin klinga till tecken på att hon skulle göra sig beredd.

Med en djup suck kravlade sig Lisa upp på fötter. Jan visade tydligt att hans första hugg skulle komma från vänster, klang, nästa från vänster igen, klang, och det tredje från höger, buff. Hugget tog hårt över hennes högra arm och förlamade nästan armen. Hon tappade sin stora klinga och backade undan.

Oroligt tog Jan ett steg fram och sänkte sitt svärd. Snabbt som en orm vände Lisa runt och slog svärdet ur hans hand med sin lilla klinga. När svärdet slamrade i marken såg Jan uppriktigt förvånad ut. Han höll upp sina båda händer och frågade med en ömhet som inte funnits i rösten tidigare.

– Är du okej? Smällen tog hårt.

Hon log samtidigt som hon gned sig med svärdsknappen på sin högra överarm.

– Jadå, men det kommer att bli ett rejält blåmärke, den saken är klar.

Jan knäppte av sig sitt svärdsbälte och de satte sig ner i gräset. Lisa behövde inte spänna av sig sina klingor för att sätta sig, hon hade dem på ryggen. Han tog upp en vattenflaska och skruvade av korken innan han räckte över den till henne.

– Här, drick lite. Varför måste du till varje pris vinna varje gång vi övar?

Frågan överraskade Lisa och fick henne att förvånat ställa en motfråga.

– Är det inte för att vinna som vi övar?

Han log samtidigt som hans blick vandrade i väg mot horisonten.

– Nja, det finns liksom ingen riktig anledning att försöka vinna dueller i svärdsfäktning år 1995. Det är ju tyvärr så att nu för tiden bär folk i allmänhet inte svärd. Vi övar för att klara vårt jobb, inte för att vinna dueller.

Med en grimas försökte han massera bort en knuta i sin högra biceps. Han ville inte erkänna det men han började känna sig sliten. I över 200 år hade han jagat alla former av vedervärdiga varelser och nu började det kännas som om han var i slutet av sin karriär. Lisa hade förvisso bara varit lärling i fem år men hon var redan bättre än någon trolljägare när det kom till själva jakten. Han själv var en något säkrare bågskytt och kanske lite bättre på att lista ut hur de skulle lösa vissa problem men allt det skulle hon snart klara lika bra. Hon hade enligt reglerna femton år kvar på sin lärlingstid men vad i hela friden skulle han lära henne under den tiden? Lisa var som en tvättsvamp och sög åt sig allt han lärde henne. Dessutom var hon snabb på att lista ut en hel del saker på egen hand. Hon hade redan för tre år sedan dräpt sin första gröning. Förra året gjorde hon något som ingen klarat på över 700 år. Hon hade ridit på en drake! Vem sjutton försöker sig ens på något sådant? Hon hade helt enkelt hoppat ner på dess rygg när den flugit förbi för att sedan dräpa den högt uppe i luften. Förvisso hade hon i efterhand erkänt att det förmodligen varit smartare att vänta tills den varit närmare marken då nedfärden blivit onödigt dramatisk. Men det hade trots den vådliga nerfärden faktiskt slutat bra. Han log för sig själv, gränsen mot svarta skogen skulle vara säker när hans dotter tog över. Han sneglade mot henne där hon satt: fanken vilken tur jag har haft som fått en sådan dotter, tänkte han och log lite bredare. Hans leende slocknade dock så fort hon öppnade munnen.

– Jag tänker gå på den där festen, bara så du vet, sa hon.

Han mulnade och svarade kärvt:

– Du kan inte mena allvar. Den där grabben som ränner efter dig kommer bara att göra dig ledsen. Jägare och trygga passar inte ihop, du måste förstå det.

Lisa rusade upp och ryckte ilsket åt sig sina saker.

– Hur kan du veta det? Du har aldrig provat, eller hur? Du har inte en aning om hur det är att vara ung och att inte ha någon som man kan kalla sin.

Hennes anklagelser ekade i den tidigare så stilla björkskogen. Med överraskande vrede stormade hon i väg och lämnade en förvånad Jan sittande i dungen. Han skakade långsamt på huvudet och mumlade:

– Jo du, det har jag faktiskt och det har gått åt pipsvängen varje gång. Det går alltid åt pipsvängen när en av oss blir kär i en trygg.

Lisa hade helt och hållet missat den lilla detaljen att hon själv faktiskt var ett bevis på att Jan minst en gång varit kär i en trygg. Hennes mamma hade varit en trygg. Bevisligen hade det funnits äkta kärlek mellan hennes båda föräldrar. Vad hon däremot inte hade en aning om var att Jan faktiskt varit kär i en trygg redan när han var i hennes ålder.

Han funderade ett ögonblick på att gå efter henne men ångrade sig och lade sig i stället i gräset. Med ett grässtrå mellan tänderna studerade han de lätta molnen. Solen värmde hans ansikte och han blundade och drömde sig bort. Tankarna vandrade i väg och han tänkte med viss bitterhet på sin första stora förälskelse.

Som ung lärling hade han fallit pladask för den unga Marie Augusta Adelkrok. Hennes familj ägde större delen av södra Skåne och sågs som en av de finaste adelsfamiljerna i landet. Fadern var en av kungens närmaste män och han hade inte för avsikt att låta sin dotter välja vilken bondlurk som helst. I den adliga världen vid den här tiden gällde det anor och rikedom. Kärlek och ungdomlig iver var inget som en ansvarskännande far kunde ta någon hänsyn till. Den unge Jan Jäspersson hade gång på gång blivit avvisad från familjens muromgärdade gods. Han hade till och med blivit hotad med skampålen om han inte slutade springa efter husets dotter. Den unga flickan hade förvisso varit minst lika förtjust i sin unge riddarlärling som han var i henne men så länge fadern i huset inte gav sin tillåtelse såg det hopplöst ut. Det var först efter ett år som det ljusnade för de unga turturduvorna. Jan hade sin vana trogen smugit in under Maries fönster och skulle precis som han brukade kasta en liten sten på hennes ruta. Dessa nattliga möten vid hennes fönster var deras enda sätt att få tala med varandra utan att någon vresig vuxen var i närheten. I sin svarta skinnrock stod han ute i regnet när det plötsligt blev ett himla liv på andra sidan av det enorma huset. Först hörde han något tungt som slog mot husets port och sedan ljudet av trä som splittrades. Pigorna som jobbade i köket skrek gällt och sprang som yra höns åt alla håll. Någon eller något hade brutit upp ytterdörren och tagit sig in i huset. Jan hade med tre långa kliv hoppat upp mot husets fasad för att sedan med hjälp av murgrönan klättra upp till Maries fönster. Svärdet var i hans hand redan innan han var inne i hennes sovrum. Lätt hukande och med sin vänstra arm beskyddande framför sin hjärtevän stod han och lyssnade. Det bullrade och dundrade på våningen under dem och arga röster ekade upp i trapphuset.

Han visade med ett finger över munnen att hon skulle vara tyst och gömma sig. Tålmodigt väntade han tills hon krupit under sängen innan han smög i väg för att se vad som stod på. När han lämnade hennes rum pep hon med förtvivlan i rösten att han skulle vara försiktig. Han svarade henne ömt att han älskade henne och att hon skulle låsa dörren bakom honom. Man kan ju undra varför han stod kvar och väntade när hon gömde sig om hon sedan skulle vara tvungen att kravla upp igen för att låsa dörren? Nåväl, man får väl anta att hon återvände till sitt gömställe efter att dörren låsts. Nerifrån hördes hennes far ryta ut order i den stora salen samtidigt som ett nytt brak hördes. De grova träplankorna under Jans stövlar knarrade lätt när han försiktigt tog sig ner i den breda trappan. När han var i höjd med taket på nedervåningen böjde han sig försiktigt ut och spanade längs korridoren. Hans hjärta blev lite lättare när han såg att det bara var vanliga människor som angripit godset och inte någon av de vidriga bestar som han tränades för att bekämpa. En normal svärdsman vid den här tiden började oftast träna sin svärdsarm i vuxen ålder. En trolljägare började sin träning när han var 5 år. Det fanns inte en soldat i riket som ens kom i närheten av en tränad trolljägare när det kom till stridskonst. Förvisso var Jan bara var en lärling men han hade tränats av de bästa lärarna i världen. En hyrd hirdman borde inte vara ett problem. I samma ögonblick som porten till den stora salen splittrades och de fem främmande männen rusade in för att slå ihjäl baron Adelkrok hoppade Jan ner. De stålklädda soldaterna hörde en dov duns bakom sig och när de vände sig om trodde de först att den svartaste av demoner sänts för att dra ner dem i underjorden. En enorm svartklädd varelse stod framför dem med ett blänkande bredsvärd i ena handen. Spetsen på den gigantiska klingan cirklade i luften vilket fick männen att flacka med blicken. De fladdrande ljuslågorna ute i korridoren lyste upp Jan bakifrån vilket gjorde att männen bara såg honom som en siluett. Baronen stod tillsammans med sin fru och sina unga söner i andra änden av den stora salen och såg allt som hände.

Jan hade medvetet låtit svärdet cirkla i luften för att dra till sig männens uppmärksamhet. När den närmaste mannen sneglade åt sidan slog Jan till och gav mannen en stenhård smäll rakt över näsan. Mannen föll som en blöt säck med havre och blev liggande helt stilla på golvet. De övriga männen släppte blixtsnabbt sina tunna värjor och kastade sig bedjande ner på knä. Kvidande av ångest stirrade de med skräck och förfäran på vålnaden från underjorden. Deras ledare låg utslagen på golvet och den svarta demonen verkade kunna leka med dem som han ville. Ynkligt och snyftande kved de om nåd samtidigt som de förtvivlat vred sina händer. De var helt övertygade om att deras resterande liv kunde räknas i sekunder.

Jan var ingen demon, och ingen vålnad heller men han var ovanligt stor för sin tid och hans bringa var bred som en ladugårdsvägg. Alla timmar han ägnat åt träning med båge och svärd hade gjort honom stark som en björn. Med en elakt min morrade han för att sedan ryta åt de knäböjande männen att försvinna. Pipande och kvidande kröp de ut i regnet innan de kom på benen och sprang för sina liv. Den siste släpade sin medvetslöse kollega efter sig i gruset. Förmodligen skulle den mannen få mer ont i kroppen efter den behandlingen än av smällen som knockade honom. Baronen stod tyst framför den stora öppna spisen med en värja i handen. Han var både mållös och häpen över vad han just hade bevittnat.

Den kraftige unge lärlingen som han hotat att hudflänga hade med ett enda knytnävslag avslutat hela anfallet mot gården. Baronen förde sin tunna klinga upp framför ansiktet och bugade lätt. Jan hade med ett enda slag blivit en man värdig hans dotter. Redan till sommaren var de trolovade och allt hade för stunden sett bra ut. Marie var dock van vid ett liv i lyx och hade vägrat att flytta in i den lilla skogsstuga som Jan förfogade över. Precis som baronen misstänkt tröttnade Marie ganska snabbt när hennes liv gick från lyx till slit. Hennes kärlek svalnade lika fort som kokande vatten som hälls i snö. Efter tre månader slog hon upp deras trolovning och vägrade därefter att tala med Jan. Först var han helt förkrossad men efter ett tag började han se det hela ur ett annat perspektiv. Till vintern hade han slutligen insett att trots att han blivit sårad så kunde det blivit ännu värre. Han hade långsamt börjat förstå att ett liv tillsammans med en trygg aldrig skulle kunna bli lyckligt. Byråns personal använder sig av drakbrygdens hemligheter och åldras ju som bekant inte i någon större utsträckning. Att vara gift med en trygg och tvingas se sin älskade vittra sönder av ålderdom framför sina ögon måste vara fruktansvärt. Hela meningen med kärleken var ju att man skulle leva och åldras tillsammans.

Jan såg bekymrad ut när han plockade upp sina saker och ställde sig upp. Han var gammal nog för att förstå att kärlek mellan jägare och trygg inte skulle fungera men Lisa var ung. Hon var full av nyfikenhet, både på livet och på pojkar erkände han dystert för sig själv.

Hon hade precis fyllt 17 år och hela hennes kropp var proppfull av hormoner. Som de flesta flickor i hennes ålder innebar det att hon kunde bli blixtkär varje gång en pojke visade sitt intresse. Han hade hoppats på att Tom skulle fortsatt med sitt brevskrivande och eviga ringande men för några veckor sedan hade plötsligt breven slutat komma. Den svarta telefonen hade inte ringt på över en månad. Den duktige och välmenande unge draklärlingen hade varit perfekt för Lisa, åtminstone enligt Jan. Han hade till och med ringt till Kurt (som var Toms lärare och pappa) för att höra vad som hänt. Ingen hade svarat i andra änden. Förmodligen var Kurt och Tom ute på något uppdrag.

Jan hoppades fortfarande på att den unge mannen skulle fortsätta att skriva till Lisa. Det hade varit hans brev som hållit henne borta från de odugliga pojkarna nere i byn. Precis som vanligt fnyste han ogillande när pojkspolingarna i byn snuddade hans tankar.

Lisa slängde sina grejor på sängen och började att dra av sig sin rustning. När hon tog av den skimrande brynjejackan visade det sig att hon hade fått rätt. På överarmen började redan ett tydligt blåmärke sprida sig. Hon blängde surt på det decimeterlånga märket. Med ett tillkämpat lugn spände hon armen och slappnade av ett par gånger. Hon ryckte på axlarna och log, den fungerade, det var huvudsaken. Blåmärken och sår var något en lärling inom byrån fick vänja sig vid. Nonchalant slängde hon en handduk över axlarna och gick ut till den lilla ån för att tvätta av sig. Lolu kom skuttande likt en trasslig pälsboll och slöt upp vid hennes sida. När Lisa dök i det svala vattnet kastade sig också den stora hunden ut i ån. Lolu plaskade runt henne i stora cirklar och frustade när hon fick vatten i nosen. Lisa doppade huvudet och började schamponera in sitt långa mörka hår. När hon stäckte på sig såg hon Jan komma släntrande mot stugan utan att göra sig någon brådska. Hon fick en rynka i pannan när hon såg honom. Innerst inne visste hon att han hade rätt men Tom hade inte hört av sig på flera veckor och när hon försökt ringa honom hade ingen svarat. Förr hade de talat med varandra varje dag men nu vägrade han plötsligt svara. De varma och kärleksfulla breven hade också slutat att dyka upp. Hon fick en klump i halsen när hon tänkte på honom. Han hade förmodligen hittat en ny flickvän men varit för feg för att tala om det. Med en ilsken grymtning dök hon under ytan: Den fega uslingen kysste säkert den där andra flickan just nu. Svartsjukan mot den där okända flickan bubblade upp inom henne och trots att hon visste att det var dumt kände hon en stark lust att vilja hämnas. Hon skulle minsann visa den där jäkla draklärlingen att hon också kunde hitta en ny kärlek. Objudna tårar rann längs hennes kinder när hon kravlade sig upp ur ån.

På grund av detta var hon ur balans och sårbar när Urban nere från byn plötsligt stötte ihop med henne utanför affären och började prata. Han hade varit vänlig och bjudit henne på fika i kaffehörnan. De hade suttit och pratat om allt möjligt. Med humor i blicken hade han talat om hur deras första möte varit för honom. Han hade skrattat åt sig själv när han berättat om hur han efter det mötet bestämt sig för att försöka vara lite vänligare mot människor i sin omgivning. Nu när han var 19 år sa han att han inte tyckte om sitt tidigare jag.

– Ärligt talat, jag var nog lite av en skitstövel när jag var liten.

Hon kunde inte göra annat än att hålla med. Nu några år senare verkade han dock vara allt annat än en skitstövel. Han var faktiskt både snygg och trevlig. När han frågade henne om hon ville komma på hans 20-årsfest som han skulle ha nästa helg svarade hon genast ja. Hon såg faktiskt fram emot den. När de skiljts hade Urban länge sett efter henne med ett allt bredare leende. Pojkarna i byn hade slagit vad om att Urban inte kunde få till det med den galna tjejen uppe vid stugan. Urban log då han förstod att han kanske redan till helgen kunde kassera in vinsten.

Festen skulle vara i kväll och hon tänkte gå oavsett vad Jan sa. Hon satte sig framför spegeln och kammade håret. Tafatt försökte hon sminka sig men då hon var ovan vid smink blev det inte så bra. Med en irriterad min torkade hon av ansiktet för tredje gången. Hon suckade och försökte igen, bara lite mascara och ögonskugga, det fick räcka.

– Får väl ha de förbaskade prickarna i ansiktet, muttrade hon menande om sina fräknar.

I håret satte hon ett litet gyllene hårspänne format som en drake. Det var en exakt avbildning av en indisk isdrake. För en trygg var det bara ett smycke men för en vidsynt var det ett tecken på att hon var en drakryttare. Hon var den enda nu levande människan som hade rätt att bära den utmärkelsen.

I en stor lada på Urbans föräldragård hölls festen. Det var pyntat uppe på stora logen och mångfärgat ljus strömmade ut i mörkret. När Lisa närmade sig hördes musiken på långt håll. Den dunkade ut i natten som om ladan hade en egen puls och var ett levande väsen. Hon log och skyndade ivrigt på sina steg. När hon småspringande kom upp på körbron och såg in i logen var det helt fantastiskt. Blinkande lampor i alla möjliga färger. Folk som dansade och rörde sig till den pulserande musiken. Hon hade aldrig varit på fest förut så allt var nytt och kändes väldigt spännande. Hennes ljusblå sommarklänning fladdrade runt hennes knän när hon försiktigt gick in. Urban såg henne och banade sig fram över dansgolvet för att hälsa henne välkommen. Han blev dock tacklad strax innan han var framme av en flicka med ljust hår och en tight vit klänning.

– Det är ju du!

Utropet överraskade Lisa. Hon log osäkert.

– Känner vi varandra?

Flickan skrattade glatt och nickade ivrigt.

– Det är jag, Elvira, sa flickan och viftade ivrigt med ena handen mot sig själv samtidigt som hon med den andra tog tag i Lisas handled och drog henne med sig.

Elvira pladdrade på som om de hade känt varandra hela livet.

– Vet du? Jag ska mönstra till det militära i höst. Det hade jag aldrig vågat göra om inte vi hade träffats.

Orden bara sprutade ur henne. Lisa såg först förvirrad ut men efter en stund väcktes hennes nyfikenhet och hon gjorde sitt bästa för att hinna med när flickan pekade ut den ena pojken efter den andra samtidigt som hon spottade ur sig ett namn och ett kort omdöme om var och en. Det kunde låta ungefär så här: Mattias, snäll men en usel kyssare. Klas, vältränad men dum som ett spån. Urban, snygg som fanken men farlig, om du förstår vad jag menar? Hon blinkade konspiratoriskt mot Lisa och fortsatte sedan att ge ett kort omdöme om var och en av de övriga pojkarna i lokalen. Lisa sneglade förbryllat på henne samtidigt som hon försökte lyssna uppmärksamt. Det tog en god stund innan Urban lyckades få Lisa för sig själv. Han hade följt efter de båda flickorna genom hela lokalen och lyssnat på de omdömen som både han själv och hans kompisar fått. Han log ett brett leende när han slutligen lossade Elviras grepp runt Lisas handled och frågade om hon ville dansa. Elvira ropade blixtsnabbt ja och började skuta på stället. Urban avfyrade ett av sina bländande leenden och sa att det nog var Lisa han hade frågat. Elvira ryckte på axlarna och satte näsan i vädret innan hon med en föraktfull fnysning försvann bort mot baren.

– Hej, kul att du kunde komma, hans röst var låg och i andedräkten kände hon något vagt bekant.

Urban såg bort mot diskjockeyn och nickade diskret. Den dunkande Madonnalåten tonades ner och Michael Boltons smäktande *How am i supposed to live without you*, dånade i stället ut ur högtalarna. Urban log ett varmt, och väl inövat leende innan han tog henne i sin famn och vaggade henne till musiken. Lisa blundade och följde med lätthet hans minsta rörelse. Det kändes bra, någon ville ha henne nära och det kändes faktiskt bra. Tom skulle inte tro att hon bara skulle sitta hemma och vänta på att han kanske skulle behaga höra av sig igen. Hon blev lite spänd när Urban i slutet av låten lät sina händer glida ner över hennes rygg och stanna på hennes rumpa. Hon bet sig osäkert i läppen och låtsades som om hon inte hade märkt något. De dansade ett par låtar till men när han försökte kyssa henne samtidigt som han lät sina fingrar smeka hennes nacke drog hon sig undan.

– Vad är det? Tycker du inte om mig?

Han såg sårad ut när han ställde frågorna.

– Nej, eller jo, det är inte det, jag har liksom... Jag är inte så van vid fester och sådant här.

Hon rodnade när hon tvingades erkänna att hon inte visste vad som förväntades av henne. En kort glimt av löje blixtrade till i hans ögon innan den försvann och ersattes av förståelse. Ett förväntansfullt litet leende började spela i hans mungipor samtidigt som han tankfullt nickade för sig själv.

– Jag tror att jag kan hjälpa dig med det där. Jag har något som du kanske skulle prova. Det gör att man vågar vara sig själv.

Han drog upp en liten plunta ur bakfickan.

Whiskey, sa han som om det skulle förklara allt. Lisa tog försiktigt emot den lilla flaskan. Hon förde den till sina läppar och tog prövande en liten klunk. Hennes ögon blev stora av förvåning och hon stirrade med en överraskad min på honom.

– Drakbrygd, hur i hela fridens namn har du fått tag på det här?

Urban förstod inte ett smack av vad hon just sagt men provade med att svara:

– Jag är ju tjugo nu. Jag kan köpa själv.

Ett litet nöjt leende spreds över hans ansikte. Lisa såg minst lika förvirrad ut som Urban gjorde för några sekunder sedan men tvekade inte med att ställa nästa fråga.

– Kan man köpa drakbrygd?

– Njaää, alltså det är Whiskey. Inte den finaste sorten kanske, men riktig whiskey, avslutade han förvirrat.

– Köpte du det i den här förpackningen, frågade hon och viftade med den lilla silverpluntan.

Hennes ögon såg plötsligt farliga ut.

– Nej, i en vanlig flaska förstås. Har du aldrig provat sprit förut?

Hans fråga fick det att låta som om hon vore lite bakom flötet. Lisa tog tag om hans arm och drog honom med sig över dansgolvet.

– Visa mig flaskan, fräste hon ilsket.

Jan sov inte, hans flicka var på fest för första gången och han var livrädd. Han ville verkligen inte att hon skulle fastna för någon av de där hopplösa pojkarna nere i byn. De små skitungarna brydde sig bara om bilar och motorer. De var enligt honom inte fina nog för att bli tillsammans med hans lilla flicka. Ironin i att han använde sig av samma resonemang som en viss baron Adelkrok gjort gick honom helt förbi. Han satt i soffan med den stora hunden i knät när han hörde hastiga steg ute på gårdsplanen. Det lät som hon om var upprörd. Jaa, det var ju det han hade sagt, vi och dem passar inte ihop. Han schasade undan hunden och ställde sig upp för att vara beredd på att trösta henne. Dörren slogs upp med en smäll och Lisa stod plötsligt där med en flaska i handen.

– Vad är det här för något?

Hennes anklagande fråga träffade honom som ett piskrapp. Han stirrade förvirrat på flaskan hon höll upp framför honom.

– Ööh, ööh, hans hjärna hade för tillfället råkat ut för kortslutning så det var allt han lyckades få fram.

Det var med fasa han insåg vad frågan handlade om. Hon hade upptäckt hans lögner och nu var han fast. Det var meningen att Lisa skulle ha börjat dricka drakbrygden redan för tre år sedan men Jan hade fuskat. För det första så hade Lisa bara varit 14 år och enligt Jans meningen var det meningen att man skulle hinna bli vuxen innan man tog drakbrygd. För det andra så ville han för död och pina inte ha en ombytlig tonåring i huset i en så där femtio år. Hade han förklarat det för Lisa redan från början så hade hon förmodligen lyssnat och förstått. Han hade dock inte haft hjärta till det då hon sett så lycklig ut när hon fått veta att hon skulle få börja med brygden. Han hade helt enkelt låtit bli att berätta för att inte göra henne besviken. I stället för att berätta sanningen hade han blandat Whiskey och ek-aska i hennes glas. Han hade fått henne att tro att det var samma sak i alla andras glas också och nu stod hon där med beviset för hans lögn i handen. Med en smäll som fick den svarta telefonen att skallra drämde hon flaskan i bordet och svepte förbi honom för att försvinna in på sitt rum. Med en kraft som fick ett par av skruvarna i dörrhandtaget att lossna vräkte hon igen dörren bakom sig. Jan stirrade förfärat på flaskan: Tusan också, det här skulle bli jobbigt.

Han funderade en sekund på att gå efter henne och förklara men valde, dumt nog, att vänta tills dagen efter. Han hoppades att hon skulle vara lite lugnare då. Med en djup suck klappade han den stora hunden på huvudet och satte sig grubblande i soffan.

2 Spridning och ”den andra byrån”

När de lastat i Puerto Rico fick de ett problem. Wasabi var ett litet lastfartyg och hennes nuvarande last gjorde henne farligt instabil. Kapten Jenkins hade för en liten stund funderat på att pumpa in havsvatten i slagget men då fartyget inte hade några mellanväggar där nere så skulle det skvalpa fram och tillbaka och göra fartyget nästan omöjligt att styra. Det var när han såg den stora högen med stenar som han kom på en lösning. Förr i tiden hade man burit ombord dem en och en och lagt dem i kölsvinet men nu för tiden var det betydligt enklare. Han beordrade sina mannar att fylla två lårar med sten för att sedan ställa dem längst ner i lastutrymmet. Resan till Mexiko skulle på så sätt bli en mycket behagligare seglats. Folket som jobbade under däck hade dock snart börjat klaga på att barlasten luktade som om en skunk hade använt stenhögen som sin privata toalett. Nu fick det vara som det ville med den saken, fartygets säkerhet kom alltid först. Två dagar senare var kapten Jenkins inte längre lika säker på sin sak. Det stank något förfärligt över hela båten. Deras slutmål var hamnen vid Tampico men när de rundade Yucatán-halvön styrde Jenkins in fartyget i en djup vik. Stenarna dumpades helt sonika i utloppet till en liten flod. I värsta fall kunde de en dag komma att behövas igen och då stod de ju redan lastade i sina lårar. Den vidriga stanken borde sköljas bort av vattnet. Hade Jenkins bara varit lat och skickat dem överbord ute till havs hade det aldrig blivit några problem. Nu när barlasten hamnat i sötvatten var det som att rista i sten: Problem på väg!

Jenkins och hans besättning hade naturligtvis inte en aning om vad de just ställt till med. Det skulle ta femton år innan problemet upptäcktes men då skulle en hel världsdel ha fått ett nytt namn att viska om vid lägereldarna. Namnet som skulle komma att användas i skräckhistorierna var Chupacabra, getsugaren, (Ja, grovt översatt betyder det faktiskt det).

När de första närkontakterna och de efterföljande historierna började cirkulera i lokala nyheter var det till en början ingen som tog dem på allvar. Byråns ledning hade säkra indikationer på att sydamerikansk skugglöpare (som är det korrekta namnet på varelserna) bara fanns på öarna Puerto Rico och Kuba. Hela den övriga världen skulle enligt deras information vara fri från dessa vidriga kreatur.

Att byrån numera inte hade någon avdelning nere i Mexiko gjorde saken ännu besvärligare.
På 80-talet hade ett bergstroll vaknat till liv utanför Mexico City

och den mexikanska avdelning hade valt att skickat in alla sina jägare och lärlingar på en gång utan att vänta på förstärkningar. Det hade slutat i en total katastrof och nu fanns det inte längre någon lokalavdelning i Mexiko. Alla, från chef till yngsta lärling hade dött under sina försök att dräpa besten. Nu försökte man hålla koll på det hela från USA men då det oftast saknades personal gick det trögt. Byrån gjorde vad den kunde men på det hela taget så var det alldeles för lite och alldeles för sent. När de så småningom började ana att det låg något i historierna bestämde de sig för att skicka den personal som för tillfället fanns tillgänglig. Ordinarie personal, det vill säga trolljägare, skulle i mån om tid åka till området för att hjälpa till att analysera och rapportera. Meddelandet var så vagt skrivet att när de olika avdelningscheferna runt om i världen läste det så lade de det snabbt åt sidan. På kontor världen över hamnade meddelandet i högen som var märkt med ”mindre viktigt”. Det tog ytterligare två månader innan byråns ledning slutligen förstod allvaret och gjorde sitt bästa för att skicka hjälp. Det meddelande som nu skickades ut var riktat till alla inom byrån. Till och med lärlingar och administrativ personal hade fått meddelandet. Stod det i deras papper att de någon gång varit med under en trolljakt så kallades de. Man kan tycka att byrån för ovanliga händelsers ledning borde ha vetat bättre än så.

Carl Witt jobbade som andraskreterare inom byrån för paranormala upptäckter. Byrån var en liten avdelning direkt underställd chefen för CIA. Med iver och envishet hade han trots jobbets uppenbara meningslöshet ändå gjort sitt bästa. Han hade en innerlig önskan att få ett annat jobb där man ägnade sig åt något som bevisligen existerade. Det här med att jaga utomjordingar hade låtit spännande men det var innan han förstått att det inte fanns några utomjordingar att jaga. Hans ansikte förvreds i en irriterad grimas när han läste den senaste ordern han fått från sin högsta chef. John Ditch, den nya bossen, ville skapa en liten hemlig slagstyrka som skulle få till uppgift att aktivt jaga och beslagta utomjordisk teknologi. Carl fnyste när han läst det kodade meddelandet.

– Vad i hela världen ska det här vara bra för, muttrade han.

Carl hade jobbat med det paranormala i tio år och inte en enda gång hade de upptäckt något som inte hade en naturlig förklaring. Han lyfte luren till den krypterade telefonen och bad att få bli kopplad till högsta chefen. Medan han väntade på att någon skulle svara skänkte han en tacksam tanke till krypteringen. Skulle ryssarna eller kineserna avlyssna honom när han babblade om rymdfarande utomjordiska varelser skulle de nog skratta ihjäl sig.

Tio minuter senare var han högröd i ansiktet och argare än han varit på flera år.

– Hur har den här jubelidioten kunnat bli chef för CIA? skrek han så att det skallrade i de avlyssningssäkra fönstren.

Nåväl, han lugnade sig och tog några djupa andetag innan han återigen satte sig i den knirkande kontorsstolen. Nog kunde han sätta ihop en styrka alltid. Den korkade chefen hade till och med haft fräckheten att tala om vilken typ av personer han skulle leta efter.

– Sök efter dem inom de väpnade grenarna som uppmärksammat saker som ingen annan har sett, hade idioten sagt.

Carl skulle med andra ord söka bland de galnaste av alla tokstollar som fått sparken från krigsmakten och erbjuda dem ett nytt jobb.

Först hade det gått trögt och Carl hade känt en bottenlös pessimism inför sitt uppdrag. Det var först när han börjat gå igenom rapporterna som han började se lite ljusare på saken. Det här kunde rent av bli roligt. Chefen skulle få en styrka som han inte ens i sin vildaste fantasi hade kunde föreställa sig. Rapporterna visade att det fanns en del riktiga dårar att välja mellan. Han började sitt letande i flottans arkiv och hittade ganska snart en som stack ut ur mängden.

Ervin Goosh hade varit andra klassens sjöman på en av de nya patrullbåtarna som flottan nyligen köpt in. En sen lördagskväll hade mannen helt enkelt stulit det lilla fartyg där han varit förlagd. Först verkade det som om både båten och Ervin försvunnit spårlöst men efter två dagars sökande hittades Goosh i en lite gummiflotte långt ute till havs. Fartyget var dock fortfarande puts väck. Under förhör hade Goosh uppgivit att en gudomlig röst talat till honom och berättat att han var den utvalde. Det hade varit hans uppgift att rädda den tredje flottans fartyg från en katastrof. Enligt samma gudomliga röst skulle det fasansfulla odjuret Kraken varit på väg för att förgöra flottan. Goosh hävdade envist och med målande beskrivningar att han under nattens mörka timmar stridit mot det vilda sjöodjuret för att rädda sitt land och sin flotta. Han, med livet som insats, hade slutligen lyckats skrämma i väg besten. Efter sitt stordåd hade han försökt återvända till hamnen men trots stort hjältemod och enorma vedermödor hade han inte lyckats rädda båten. Den hade helt enkelt varit så illa skadad att den slutligen sjönk. Hur han hade lyckats köra båten och strida mot odjuret samtidigt hade han inte kunnat ge något bra svar på. Det obligatoriska blodprovet hade dessutom visat på höga värden av både alkohol och en del andra preparat. Goosh hade omgående fått sparken från marinen och satt för tillfället i fängsligt förvar. Flottan hade tydligen inte till fullo köpt sjömannens redovisning av händelsen. De misstänkte att Goosh först hade stulit och sedan sålt båten. Rapporten avslutades med en liten notis om att en boliviansk miljardär numera ägde en liknande båt.

Carl log, jodå, nog skulle chefen få sin hemliga elitstyrka alltid. Hittade han några fler av den här kalibern skulle det här kunna bli alldeles fantastiskt roligt. Nästa fullträff var en pilot vid namn Axel Forder.

Mannen hade hoppat från sitt F16 flygplan efter att han hade fått soppatorsk. Han skulle enligt egen utsago ha jagat ett rymdskepp som varit på väg till jorden för att kidnappa dem amerikanska presidenten. När domaren nyfiket frågat hur han kunnat vara så säker på att utomjordingarna ville åt presidenten hade han bara flackat med blicken. Med spastiska och nervösa ryckningar hade han viskat att rymdskeppet anropat honom och meddelat sina avsikter. Domstolen hade frågat ut piloten som flugit det andra flygplanet i roten men denne hade bara ryckt på axlarna och sagt:

– Jag såg inte ett skit däruppe. I ena sekunden var vi på väg för att landa och i nästa drog Ax på för fullt och försvann.

Det tog domstolen en liten stund att bestämma vilket som var det bästa alternativet, fängelse eller psykiatrisk behandling. Ax hamnade så småningom i fängelse men kom också upp som en självklar kandidat på Carls lista över tänkbara gruppmedlemmar. Nu behövde han bara två till. Han öppnade en ny fil, den här gången från US marines. Efter någon timme fnissade han belåtet, Den tredje medlemmen gick under namnet Joe Bird.

Mannen hade fått sparken efter att han börjat spränga stenar i sin befälhavares trädgård. Med sina väl tilltagna laddningar hade faktiskt lyckats, inte bara med att spränga de största stenarna i trädgården utan också att jämna sin befälhavares hus med marken. På den självklara frågan varför han gjort detta svarade han bara:

– De tittade på mig. Alla saker tittar på mig hela tiden.

Det framgick inte riktigt i rapporten om det var stenarna eller huset som hade glott värst. Mannen hade till skillnad från de första två inte hamnat i fängelse utan satt i stället inlåst på marinkårens avdelning för psykotiska patienter.

Nu behövde Carl bara en till. Han ville hitta en riktig dåre så att chefens nya slagstyrka verkligen skulle märkas. Med en iver som hos en fiskande utter stängde han med flinka fingrar ner sin dator och gick över till pappersarkivet. De riktigt hemliga militära styrkorna fanns inte i datorn. De fanns i pappersarkivet som inte gick att hacka. Han blev först lite besviken när han såg att mappen för avförda personer var extremt tunn. De soldater som tjänstgjorde inom specialgrenarna var tydligen mer skötsamma än de övriga. Först bläddrade han förbi de som fått sparken för att de varit för snälla och sedan dem som visat sig vara för elaka. Han hittade slutligen det han letade efter när han kom till Joanne Swensons mapp. Hon hade varit en av de första kvinnor som blivit antagen till specialförbandet Rangers och verkade fullkomligt bindgalen.

Under en övning i Everglades hade en av hennes kamrater blivit angripen av en alligator och fått ena armen avbiten. Hela gruppen hade sett händelsen men det hade varit Joanne som varit närmast offret. Hon hade, enligt rapporten försökt skjuta besten men hade uppenbarligen missat. Det var först när resten av gruppen kommit till undsättning som odjuret gett sig av. Det som skiljde Joannes berättelse från övrigas var att hon envist hävdade att det inte hade varit en alligator. Hon påstod att besten hade haft armar och att den hade stått på bakbenen som en människa. När hon kommit så nära att hon vågat skjuta på fulingen hade den bara fräst åt henne och rullat ihop sig som en boll. Kulorna verkade, enligt hennes berättelse inte ha skadat den det minsta. Så fort hon slutat att skjuta hade den vecklat ut sig och försvunnit ner i vattnet. Naturligtvis hade hon snabbt avförts från rullorna och låsts in. Joanne hade fått sparken av hälsoskäl och satt nu inspärrad på samma psykavdelning som Joe.

Toppen, tänkte Carl, då behöver jag bara åka till tre ställen. Leende lutade han sig tillbaka i stolen. Den gedigna stålstolen knirkade bekant under honom. Härligt, han gnuggade sina händer och myste belåtet, nu får nog chefen ett och annat att förklara om några år. CIA skulle få sin paranormala slagstyrka och det skulle bli den galnaste grupp som världen någonsin skådat. Han skulle i den nya chefens namn skicka ut dessa galningar över hela världen för att jaga utomjordingar. Det fanns inte en chans att chefens karriär skulle överleva något sådant. Carl lutade sig nöjt över skrivbordet och började skissa på detaljerna samtidigt som han tyst nynnade på ledmotivet till filmen Gökboet.

Av de fyra som han hittat i arkiven hade Carl rätt om tre. Den fjärde var faktiskt en helt annan historia. Joanne Swenson hade växt upp hos sin morfar i en liten stuga uppe i Klippiga bergen. Det hade bara varit hon och morfar i den ensliga stugan. Hennes föräldrar hade dött i en bilolycka när hon var 2 år gammal. Enligt polisrapporten hade de krockat med en älg. Joanne hade suttit bak i bilen och varit den enda av de fyra inblandade som överlevt olyckan. Varken föräldrarna eller älgen hade haft samma tur. Som om det inte var nog hade hennes mormor dött av sjukdom några år senare. Det blev liksom bara morfar kvar som kunde ta hand om henne. Hon kunde inte klaga på sin uppväxt om hon skulle vara ärlig. Hennes morfar hade alltid behandlat henne som en prinsessa. En sak som hon mindes väl var hur verklighetstrogna och ruskiga hans historier om troll och mystiska varelser hade varit. Hennes starkaste minnen av dessa berättelser var att han alltid berättat som om han varit där. De var både levande och spännande (och naturligtvis oerhört läskiga). Med yviga gester och väsande röst, som han när det varit som mest spännande dämpat till en låg viskning, hade han fångat hennes totala uppmärksamhet. Efter sådana kvällar hade hon alltid drömt om troll. I morfars berättelser hade trollen alltid varit otäcka varelser som försökt äta upp människor. När hon och morfar hade vandrat i de vilda bergen kunde det då och då hända att hon såg något konstigt, som en sten som rörde sig eller ett mystiskt tvåbent djur. Morfar hade alltid uppmuntrat henne att tro på vad hon såg. Han hade klappat henne över håret och blinkat åt henne när han påstått att han sett precis samma sak. När hon sedan började i skolan visade det sig att de andra barnen inte alls såg samma saker som hon. Joanne hade oskyldigt frågat några av de andra flickorna om saken och då hade de stirrat med förvåning på henne. Sedan hade de fnissat och börjat kalla hennes morfar för tokgubben.

Så småningom började hon själv att tvivla på sanningshalten i morfars berättelser. Enligt ungarna i skolan var hennes morfar lite tokig, det visste alla. Det vill säga alla utom möjligen Joanne. Hon tyckte att morfar var snäll och så men började ana att han kanske inte var helt sanningsenlig när han berättade sina historier?

Ju längre tid hon gick i skolan desto färre konstiga saker såg hon ute i naturen. När hon började på college och inte längre bodde i stugan hade hon börjat förstå att hennes morfar förmodligen var lite tokig. Det verkade ju faktiskt som om gubben trodde på sina egna berättelser.

Efter skolutbildningen sökte hon sig till militären. Även om gubbens historier bara varit lögn så hade de ändå väckt hennes lust efter äventyr. Morfar hade inte tagit nyheten om att hon kommit in i det militära särskilt väl utan hade blivit sur och gått och muttrat i flera dagar. När hon väl skulle åka till sin grundutbildning hade han dock varit lika stöttande som alltid.

– Ta väl hand om dig lilla vän, hade han sagt.

Det finns fortfarande saker därute som du ännu inte kan någonting om. Lita på vad dina ögon visar dig och lyssna inte på andra.

Han hade dragit in henne i sin stora björnfamn och kramat henne hårt. Morfars ögon hade varit blanka av tårar. Det hade varit något konstigt med kramen. Den hade känts som ett sista adjö innan de skulle skiljas för alltid. Känslan hade visat sig vara riktig för när hon kommit hem efter två år med sitt ranger-märke på ärmen fanns inte morfar längre. Han hade gått bort ganska snart efter att hon hade åkt. Nu låg han begraven på kyrkogården nere i staden. Det hade irriterat henne att han inte fått vila uppe i bergen som han önskat. Hade Joanne haft något med saken att göra hade det blivit annorlunda men hon hade ju inte varit där. Morfar hade dött utan att ha en enda människa i sin närhet.

Hon hade suttit på den lilla stugans veranda när en svart bil rundade den stora tallen och rullade upp framför huset. Det var en advokat från byn som visade henne ett skuldebrev där det stod att både stugan och marken nu tillhörde banken. Morfar hade tydligen tagit ett stort lån för att hon skulle kunna gå på college. Hon överväldigades av skuldkänslor när hon insåg vilka uppoffringar morfar tvingats göra för hennes skull. Hennes tårar blandades med ilskan över ett orättvist system. Advokaten hade beklagat det inträffade men sedan vänt och hämtat ett avlångt paket ur bilens baklucka. Det var inslaget i brun säckväv och vägde tungt i hennes famn. Han hade räckt henne det med förklaringen att hennes morfar insisterat på att Joanne skulle få det. Allt annat hade han struntat i men paketet hade tydligen varit viktigt. Den strikta advokaten hade bugat sig och sagt att han önskat att han kunnat göra något mer. Med den kritstrecksrandiga kavajen fladdrande hade han sedan återvänt till bilen och lämnat henne ensam. Hon hade, fortfarande snörvlande, börjat öppna det noggrant inslagna föremålet när ett kuvert gled ut ur säckvävens veck.

Det tidigare så vita pappret hade gulnat under tiden det legat gömt inne i den bruna väven. Hon sprättade försiktigt upp det och fiskade fram ett brev där morfars snirkliga skrivstil bredde ut sig på ett ensamt papper. Innan hon ens läst mer än några ord fuktades hennes ögon återigen.

”Älskade Joanne. Jag borde kanske talat om för dig att jag var sjuk men jag ville inte att du skulle oroa dig. Du vet att jag inte önskade att du skulle bli militär men då du hade bestämt dig ansåg jag att det var min plikt att stötta dig i ditt beslut. Hade du vetat att jag var krasslig hade du förmodligen avbrutit din utbildning. Jag ville inte det! Jag vill att du ska bli det bästa du kan bli. När du nu åker ut i världen för att göra skillnad bär då den här sista gåvan med dig. Kom ihåg historierna och använd gåvan efter bästa förstånd. Det kan tyckas som ett futtigt arv men rätt använt kan det faktiskt rädda ditt liv. Det har varit mitt arbetsredskap under större delen av mitt liv. Det liv som jag berättat om och som avbröts av att jag fick privilegiet att ta hand om dig min lilla prinsessa. Gråt inte mitt lilla hjärta. Jag har levt mycket längre än

vad någon borde få göra. Lev väl, lev rikt, och lita alltid på dina ögon.

Morfar"

Tårarna rann i en strid ström nerför hennes kinder när hon sänkte brevet. Morfar hade kanske varit lite tokig men han hade alltid tagit väl hand om henne. Hon hade älskat att lyssna på hans fantastiska berättelser när hon var liten. Nu visste hon naturligtvis bättre än att tro på dem men de hade varit fantastiska. Hon rullade försiktigt upp resten av säckväven och såg till sin förvåning ett svärd. Morfar hade nog varit mer än lite tokig trots allt. Varför i hela fridens namn hade han gett henne ett svärd i avskedsgåva? Hon drog ut den blanka klingan och studerade den med stigande förvåning. Liksom de flesta som gillar riddarfilmer hade hon en ganska klar uppfattning om hur ett svärd skulle se ut. Det här var annorlunda. Det hade ett rombrutigt hål i närheten av spetsen. Hon studerade klingan närmare.

– Märkligt, mumlade hon för sig själv.

Svärdet såg faktiskt riktigt gammalt ut. Plötsligt tjöt hon till och ryckte undan sin hand. Hon hade nyfiket dragit ett finger längs eggen. Med stigande förvåning stirrade hon på ett djupt skärsår över fingertoppen. En liten rännil av blod rann över handryggen och droppade ner på den slitna trätrappans sista steg. Klingan var skarp nog för att raka ett får med. Hon hade inte en aning om vad han menat med ”*kan rädda ditt liv*” men hon bestämde sig för att bära morfars sista gåva med stolthet.

När hon sedan återvände till sitt militärförband hade hon svärdet med sig. Hon bar det på ryggen när de var på övning och fick av de andra i gruppen snart öknamnet Titanen. Det var nog mest för att hon var lång och vältränad men också för att hon bar på ett stort, och synnerligen reglementsvidrigt svärd. Hon hatade sitt nya smeknamn men var trots allt glad över att de inte börjat kalla henne Conan barbaren.

3 Enkel biljett

Jan vakande inrullad i svettiga lakan efter en orolig natts sömn. Så fort han vakat tassade han ut ur rummet och knackade försiktigt på Lisas dörr. När hon inte svarade lutade han sig mot dörren och lyssnade. Med munnen tätt intill den kraftiga ekdörren ropade han lågt, återigen så var det tyst på andra sidan. Han stirrade en stund på den stängda dörren innan han vände och gick mot köket. Med en nervös rysning vände han ännu en gång och gick tillbaka. Med försiktiga rörelser öppnade han dörren och kikade in. Det lilla rummet var tomt och ödsligt. Han suckade tungt och stängde försiktigt dörren igen. Med en min som om han plötsligt kommit på något plockade han upp skruvarna som fortfarande låg på golvet efter att Lisa slängt igen dörren efter deras gräl. Han muttrade något ohörbart samtidigt som han började rota i kökslådan efter en skruvmejsel.

Den stora svarta väggtelefonen vid ytterdörren började plötsligt att ringa. En ilsken och enträgen signal som fick honom att släppa vad han hade i händerna och snabbt skynda sig över golvet för att svara. Han hoppades att det skulle vara Lisa men det kunde naturligtvis också vara huvudkontoret. Det var inte många fler som kände till numret. När han med en orolig glimt i ögonen försiktigt svarade var det först alldeles tyst i andra änden. Han blev inte så lite förvånad när han efter uppehållet kunde höra Kurts förtvivlade röst i luren.

– Jan, jag behöver er hjälp. Pojken är borta och byrån menar att jag ska släppa honom och utbilda en ny lärling. Ni är de ende som känner till sanningen om mig och Tom. Jag har ingen annan som jag kan vända mig till.

Jan fick något konstigt i blicken när han tyst stirrade på telefonens svarta bakelit. Han hade varit med om att förlora Lisa en gång och visste precis hur Kurt nu måste känna sig. De timmar det tagit att återfinna henne oskadd hade förmodligen stulit flera år av hans liv. Med en tung suck satte han sig i en av de kraftiga köksstolarna och blundade hårt. Han förstod precis hur Kurt kände men ändå kunde han inte hålla inne med frågan:

– Vad är det som har hänt? Du vet att vi hjälper till om vi kan men kom ihåg att vi inte är några drakjägare. Varken Lisa eller jag kan någonting om den sortens jakt.

Han gjorde en tyst grimas åt sitt korkade påstående. Lisa hade ju för tusan både ridit på, och dräpt en drake. Förvisso samma drake men det var ändå långt mer än vad han själv ens varit i närheten av. Det var nog sant att han inte kunde något om drakjakt men Lisa verkade kunna lära sig vad som helst.

Det blev åter tyst en lång stund innan Kurt sa något igen. Det lät i Jans öron som om rösten kom från andra sidan graven.

– Det är ingen drake den här gången, det är troll. Med största sannolikhet är det mängder av dem. Pojken vägrade lyssna när jag sa att vi inte skulle vara till någon hjälp. Han blev upprörd och menade att vi var tvungna att åka. Det gick så illa att vi blev osams. Nästa morgon när jag vaknade var han försvunnen. Han hade gett sig i väg till Mexiko. Jag har kollat med byrån och det verkar som om han kommer att bli helt ensam.

Jans ögonbryn sköt i höjden i en förvånad min.

– Mexiko? Varför i hela friden skulle han åka till Mexiko?

Den här gången var det Kurt som lät förvånad.

– Har ni inte fått kallelsen? Det har etablerat sig en hel koloni av sydamerikanska skugglöpare i södra delen av landet och byrån ville att någon skulle kontrollera för att sedan rapportera tillbaka till högkvarteret.

Kurt verkade tveka en stund innan han fortsatte: Tom var säker på att ni skulle åka dit. Han vet mycket väl att vi som jägare åt drakjägardivisionen inte ska ränna efter troll men han hade fått kallelsen och jag tror att han ville överraska Lisa genom att dyka upp. Du ska veta att pojken har gått här hemma och trånat som en marskatt. Han skulle nog göra vad som helst för att få träffa henne igen. Pojken har verkligen kärat ner sig i din flicka. Hon är det enda han pratar om sedan de träffades i Andalusien.

Jan stirrade tomt ut i luften och svarade en smula uppgivet.

– Pojken har alltså förlorat förståndet och åkt till ett område där det kan finnas skugglöpare? Jaa, jag önskar att jag kunde säga att vi skulle ha gjort ett klokare val när vi var i den åldern. Blir man kär så förvandlas även den klokaste gossen till en dåre. Varken du eller jag skulle förmodligen ha agerat annorlunda om vi varit i den åldern.

Jan lovade att återkomma så fort som möjligt men först var han tvungen att ringa huvudkontoret i Stockholm, något hade gått snett med det här problemet i Mexiko. Det tog knappt tio minuter för chefen att förklara. En förfrågan hade faktiskt kommit från London men den hade varit väldigt vagt formulerad. Chefen hade lagt den åt sidan då det fanns andra delar av byrån som var betydligt närmare det eventuella problemet. Nyligen hade en andra kallelse kommit men den hade varit till chefen personligen.

– Som om jag plötsligt skulle börja jaga troll igen, hade han fräst.

Chefen hade inte ens försökt övertala Jan om att låta bli när han förklarat att han tänkt åka till Mexiko.

– Behöver du något så är det bara att fråga, var allt han sa.

– Fixa två biljetter till Mexiko och en transport från flygplatsen. Vi flyger ner så snart som möjligt.

De blev bokade på ett flyg redan nästa morgon. Han ringde tillbaka till Kurt, samtalet blev kort.

– Vi är på väg och kommer att vara på plats om 36 timmar.

Kurt svarade lågt men uppenbart lättad:

– Tack snälla, vi ses där. Jag kommer också att åka dit.

Jan hängde fundersamt upp luren i klykan. Om en drakjägarlärling ensam irrade runt i en skog full av skugglöpare kunde det inte sluta väl. Han insåg att tiden redan höll på att rinna ut och hämtade sina redan packade väskor.

Både väskorna och den övriga utrustningen åkte in i Landrovern innan han motvilligt gick ner till byn för att hämta Lisa. Han muttrade surt för sig själv när han gick längs den uppkörda och illa skötta grusvägen.

Hur hade han kunnat vara så jäkla dum att han trott att Lisa inte skulle upptäcka hans bluff? Flickan var ju för tusan den smartaste människa han någonsin träffat, och henne hade han försökt att lura. Ett litet illmarigt och till viss del belåtet leende krökte plötsligt hans ena mungipa när han kom på att han faktiskt hade lyckats i flera år. Hon var kanske överjordiskt smart men han måste nog också vara lite listig? Det hade ju trots allt tagit tre år innan hon upptäckt bluffen.

Han hittade henne inte nere vid affären, och inte runt centrum heller. En finnig tonårsgrabb hade upplyst honom om att om det var en tjej han letade efter så var det förmodligen hem till Urban han skulle söka sig.

– Alla tjejer brukar dras till den adressen. Han snor alla brudar och det blir aldrig någon över till oss andra.

Den finnige hade sett bitter ut och uppgivet pekat ut riktningen. Jan suckade tungt och började gå mot den stora gården i byns utkant.

– Fanken, måste jag gå dit, knotade han surt.

Det tog honom nästan en timme att komma fram till gården och han hade muttrat större delen av vägen. Det rödmålade huset hade en bred stentrappa som gick upp till den, för ett hus i den här delen av landet, imponerande dörren. Där stod han i sommarvärmen och trampade osäkert. Tungt och ytterst motvilligt höjde han handen och knackade. Dörren öppnades av en ung flicka, kanske något år yngre än Lisa.

– Ja, sa hon frågande när hon tittade upp på den stora mannen utanför.

– Jag letar efter Lisa, är hon här?

Frågan verkade förvåna flickan men också göra henne osäker.

– Nej, varför skulle hon vara det? Hon har väl inget här att göra? Jag har varit här i flera timmar och jag har inte sett till henne.

Hon sneglade in mot rummet igen. Nu hade hon något misstänksamt i blicken. Hon stod så en stund innan hon åter vände sig mot Jan.

– Urban ringde mig efter att han gjort sig illa. Jag är hans flickvän.

Det sista verkade hon lägga till som för att övertyga sig själv. Hon såg orolig ut och hennes blick flackade mellan Jan och någonting innanför dörren. Jan grymtade fram ett tack innan han vände och gick. Gruset krasade under hans stövlar på den välkrattade gången. Han vände sig om och sneglade över axeln när han stängde den eleganta men lätt gnisslande gjutjärnsgrinden. Innanför fönstret såg han som hastigast något som han faktiskt sett en gång förut. Halvt dold bakom en av gardinerna stod en blond yngling med ett blått öga och en uppsvullen och blodig näsa. Det var samma pojke och samma näsa som den där gången då Lisa provat på att gå i en vanlig skola.

Han letade i ytterligare några timmar men vem han än frågade så visste de inte vart Lisa var eller vart hon tagit vägen. Skulle han inte missa flyget så var han tvungen att åka. Han skrev ett kort meddelande och lade det tillsammans med Lisas flygbiljett på det lätt skeva köksbordet. Han hatade att behöva lämna henne utan att de pratat igenom det där med drakbrygden men Tom svävade med största sannolikhet redan i livsfara. Jan ville inte riktigt erkänna det ens för sig själv men han hade stora förhoppningar på den försvunne unge mannen. Stora förhoppningar som innefattade hans älskade dotter. I vinddraget när dörren stängdes efter honom snurrade den lilla lappen runt ett par varv innan den återigen landade på köksbordets skiva. Han hade bara skrivit några få rader.

”Jag har åkt på ett litet uppdrag. Kurt ringde och han behövde min hjälp. Tydligen har Tom gett sig i väg till Mexiko för att jaga skugglöpare. Nu när Kurt ringde är det tyvärr så att Tom saknas. Jag har åkt till Mexiko för att hjälpa till att finna honom. Han kan vara i fara och det är av största vikt att vi hittar honom så snart som möjligt. Tyvärr kunde jag inte hitta dig i tid utan fick åka själv.
Det finns mat i frysen. Lolu är ute.
Ta hand om dig, älskar dig. //Jan.”

Han hade tänkt avsluta brevet med pappa men kände att just nu var hon nog inte mottaglig för det. De var ju trots allt osams, eller hon var osams med honom, eller, skit samma. Han skrev under med Jan.

Jan såg bister ut när han tryckte ner gasen och vant lade en hand på ratten. Bakom bilen skuttade Lolu så att leran sprutade om henne men hunden klarade naturligtvis inte av att följa bilen när han trampade gasen i botten. När han försvann utom synhåll stannade hunden till innan hon snopet vände och lunkade tillbaka upp mot stugan igen.

Bilen lunkade på längs E4:an och ju närmare flygplatsen den kom desto blekare blev dess förare. Jan hatade att flyga. Han hatade verkligen allt som hade med flygplan att göra. I hans värld fanns det bara en sak som var värre än flygplan och det var den där nymodigheten som kallades helikopter. Vad var det för fel i att promenera? Han kunde för sitt liv inte förstå varför folk skulle ha så bråttom från en plats till en annan hela tiden. Använde man sig av fötterna fick man ju tid till att uppleva allt som fanns mellan den plats man lämnade till den plats som var målet för ens resa.

Väl framme vid incheckningsdisken såg den store och bredaxlade mannen nästan genomskinlig ut. Den enorma ryggsäcken i sälskinn rasslade när den åkte på rullbandet. För att vara vid en incheckningsdisk på Arlanda skulle man nog kunna säga att säckens innehåll var något annorlunda än vad som normalt låg i folks väskor. Förutom lite underkläder och en tandborste som nog kunde hittas i fler väskor än Jans fanns där också ett svärd med skida och bälte. Där låg dessutom en rejäl pilbåge av senaste modell tillsammans med tre svarta pilar i ett koger. Den underligaste saken i säcken var kanske trots allt en rustning av drakskinn och stålplattor. Den var gjord så att den såg ut som en lång svart skinnrock men med flera kraftiga plattor av hårdaste stål. Utöver allt detta låg det en sak till i packningen som förmodligen inte heller var särskilt vanlig på flygplatsens incheckningsdisk. I en egen liten vadderad påse som hängde på utsidan av säcken åkte något som mycket väl kunde vara norra Europas fulaste hjälm.

När det stora passagerarflygplanet lättade från startbanan hade Jan redan näsan i en papperspåse. Han skulle komma att sitta så större delen av resan. Papperspåsarna med flygbolagets logotyp är avsedda just för sådana passagerare som Jan. Man skulle nog på ganska goda grunder kunna säga att Jan inte var någon favorit att ha bredvid sig när man flög.

Lisa hade haft en riktigt usel dag. För det första så hade hon rymt hemifrån redan under natten. Hon kunde inte fatta att Jan hade ljugit för henne. Hon kunde heller inte förstå hur han lyckats att lura henne. Drack man drakbrygd så bromsades åldrandet upp. Vore hon så smart som hon trodde borde hon ha märkt att hon vuxit precis som vanligt. Hur i hela fridens namn kunde hon ha missat det?

Hon hade som sagt stuckit redan under natten och sedan bara vandrat runt i byn. Hon hade helt enkelt inte klarat av att lyssna på hans nervösa vankande utanför dörren. Inte klarat av att vänta på hans säkert ursäktande och skuldmedvetna förklaring. Hon hade smitit för att få vara för sig själv. Dessutom ville hon att han skulle få våndas ett tag. Han kunde gå där och undra vart hon tagit vägen. Natten hade varit mörk och inte en enda människa hade synts till. Utan att tänka sig för hade hon gått hem till Urban. Hon behövde någon som kunde hålla om henne, någon som lyssnade. Hon behövde någon som gjorde att allt kändes okej igen. Hon ville bara bli tröstad och få en chans att känna sig hel igen. Det hade naturligtvis gått åt skogen det också. Försiktigt hade hon knackat på hans fönster och han hade leende öppnat och släppt in henne. Så fort hon kommit in hade Urban slagit armarna om henne och börjat kela.

Det var där det hela hade gått på tok. Han hade av en anledning som Lisa inte förstod stuckit in sin tunga i hennes öra och hårdhänt lagt en hand över hennes bröst. Med andra armen hade han sedan låst fast hennes kropp mot sin egen. När hon protesterat hade han bara skrockat och knuffat henne mot sängen. Med en äcklad rysning tänkte hon tillbaka på känslan. Naturligtvis hade hon blivit

rädd och reagerat utan att tänka. När hon sedan hoppat ut genom fönstret och springande försvunnit ut i mörkret hade hon hört honom svära och skrika alla möjliga elakheter efter henne. Hon hade sökt efter tröst men inte funnit någon. Urban hade bara varit ett kräk som försökt utnyttja henne. När han tagit på henne hade det känts fel, som om hon bara varit en av hans ägodelar. Det hade inte funnits något av den pirrande nyfikenheten och ömma värmen som hon mindes från Toms trevande kyssar. Sorgen och saknade slog över henne som en tidvattenvåg när hon insåg att hon älskade en pojke som slutat ringa henne. I en liten skogsdunge satte hon sig ner och grät bittert. Hon saknade någon att älska, hon saknade Tom. Den jäkeln hade förmodligen träffat någon annan och han satt säkert och kysste den flickan just nu. Allt var så fel, Jan hade ljugit och Tom hade en ny flickvän. Varför kunde inte allt bara bli som vanligt igen? Hon saknade det enkla livet när hon och Tom kunde ringa till varandra och prata i timmar. Hon saknade tiden då hon hade kunnat lita på Jan.
I den ljumma sommarnattens korta mörker satt hon där i det mjukt böljande gräset och tyckte oerhört synd om sig själv.

Den tidiga gryningen kom med en svalkande dimma som låg tätt över marken. Solen steg långsamt upp över bergen och allt efter som solens värmande strålar träffade marken steg dimman och försvann likt dansande älvor. Hon gick inte hem nu heller. Hennes långsamma vandring gick i stället upp mot skogen. Hon behövde tid att tänka innan hon skulle utsättas för världens alla ursäkter. Hur skulle hon göra sedan? Skulle hon bara snällt acceptera Jans ursäkter eller skulle hon fortsätta att vara sur på honom? Kanske skulle hon försöka ringa till Andalusien igen och se om det gick att reda ut något med Tom? Hur kunde hon ens vara säker på att han älskat henne? De hade ju aldrig sagt Ä-ordet till varandra. Tänk om han trott att de bara var vänner. Hon sparkade irriterat till en liten sten. Den for skuttande i väg över berghällen innan den överraskande vecklade ut sig till ett norskt dvärgstenstroll. Hon blev först lite förvånad för att sedan osäkert höja en hand och ropa:

– Oj förlåt, det var inte meningen.

Det bedårande lilla trollet försvann in i blåbärsriset med ett förskräckt pip.

Det här var tydligen en sådan där dag där allt hon gjorde blev fel. Hon vandrade planlöst runt hela dagen för att sent på kvällen närma sig stugan. Skymningens sista ljus försvann i fjärran när hon slutligen vandrade ut ur skogen och blev stående på deras lilla övningsplan. Hon stannade till för att samla sig. Plötsligt kom Lolu skuttande och kråmade sig runt hennes ben. Hon satte sig på huk och kramade ömsint hundens stora huvud.

– Lilla gumman, vad gör du ute så här dags?

Hunden tryckte kärleksfullt sitt huvud mot hennes bröst och gnydde uppskattande.
Lisa borrade in sitt ansikte i hundens sträva päls och samlade tankarna. Långsamt reste hon sig samtidigt som hon frånvarande smekte hunden över ryggen. Tillsammans gick de till stugan och Lisas käkar spändes inför det väntande mötet. Han skulle få förklara, jodå, hon skulle lyssna på hans ursäkter men hon tänkte inte förlåta. Han hade ljugit för henne under flera år. Lisa stannade utanför dörren och tog några djupa andetag. Tre, två, ett, hon slog upp dörren och stålsatte sig. Den här gången tänkte hon inte vika ner sig.

Till hennes oförställda förvåning var stugan öde. Hon stannade oförstående upp och lyssnade. Försiktigt lyfte hon på luckan till den gigantiska källaren. Inte ett ljud hördes och det var svart som i graven. På tå som för att inte störa smög hon slutligen fram till Jans rum. Det var också tomt. Hans väskor saknades och all hans utrustning var borta. Det behövdes bara en kort blick ut genom fönstret för att se att även bilen var borta. Hur hade hon kunnat missa den detaljen? Hon hade förberett sig ett helt dygn för det här mötet och han hade inte ens bemödat sig med att vänta på henne. Lisas redan usla humör störtdök och hamnade på helt nya bottennivåer. På grund av att hon först gick till sitt rum för att sura tog det ytterligare ett par timmar innan hon kom ut i köket. På bordet låg en flygbiljett som gällde ett flyg som lyft för någon timme sedan tillsammans med en lapp. En liten handskriven lapp som fick håret på armarna att resa sig och som skickade en kall ilning efter hennes ryggrad. Tom saknas, hela hennes väsen hakade upp sig på just de två orden, Tom saknas. Han var alltså försvunnen någonstans i Mexiko och Jan hade åkt för att leta efter honom. Trots all skräckfylld oro som plötsligt välde upp inom henne så var det också en liten del av henne som hoppade och skuttade av glädje. En liten del av hennes sinne som ville skrika av lycka: Tom har inte träffat någon annan flicka, han är bara försvunnen. Naturligtvis hajade hon till och samlade sig när innebörden av det sista ordet sjönk in, försvunnen. Tom var försvunnen och hon hade burit sig åt som en bortskämd flickunge och hållit sig undan i över ett dygn: Vad är det för fel på mig, undrade hon skamset?

Men ett litet belåtet leende dök ändå upp när hon tänkte att hon precis fått revansch på den där fantasitjejen som hon trott att Tom kysst.

Fundersamt kliade hon sig i håret samtidigt som hon vände och vred på biljetten. Jaha, och hur tusan gör man nu då? Hon hade förvisso en flygbiljett men den gällde ett flyg som redan lyft. Hur brukade Jan lösa sådant här? Det var självklart att hon var tvungen att åka till Mexiko, så var det bara, men hur löste man allt runt omkring? Det brukade alltid vara Jan som fixade med biljetter och sådant. Hon skulle behöva en biljett till sig själv och en till Lolu. Hunden skulle naturligtvis också med. Med viss bävan lyfte hon telefonluren och tryckte på anknytning ett. Huvudkontoret svarade redan på andra signalen.

4 CIA:s byrå för utomjordisk aktivitet

Joanne lutade sig mot den stora bilens front och log för första gången på länge. Satellittelefonens krypterade meddelande ändrades allt eftersom hon slog in dagens kod. ”*Södra Mexiko, eventuell inblandning av varelser med utomjordiskt ursprung, lokalbefolkning rapporterar dödad boskap. Lokal militär har stängt området. För närvarande allt om ärendet, mer information kommer när vi har den tillhanda. God jakt.*”

Hon slog av mottagaren och vrålade över motorbullret:

– Vi har ett nytt uppdrag. Hoppa in, vi ska söderut.

Den stora hummern dundrade i väg och började förflytta CIA:s paranormala slagstyrka mot Mexiko.

På sitt kontor i källaren av CIA:s högkvarter i Langley log Carl Witt för sig själv när han stängde ner datorns krypteringsprogram. Nu skulle chefens lilla gulleprojekt åka utomlands för första gången. Han hade lyckats hitta de överlägset största dårarna i hela den amerikanska krigsmakten och nu skulle de på utlandsturné. Hur underbart illa skulle inte det kunna gå?

Ervin trampade gaspedalen i botten och bilen rullade vidare ut på grusvägen i ett moln av brunaktigt damm. De befann sig för tillfället i norra Texas och var på väg söderut. Brunaktigt damm skulle de med andra ord få se betydligt mer av. En bil av modell Hummer är inte riktigt byggd för att framföras i höga farter, så bilen svajade och vaggade oroväckande mycket när den for fram. Den betedde sig ungefär som en galet gungande gummianka i en sockerstinn unges badkar. Joanne sneglade oroligt bakåt för att se vad som stod på i baksätet. Där satt Ax tillsammans med Joe och mixtrade med en bärbar luftvärnsmissil. Det var inte helt klarlagt vad de skulle ha den till men å andra sidan var ingenting med hennes kollegor riktigt klarlagt. Ax flinade på ett konstigt sätt och tuggade frenetiskt på en kort cigarrstump. Joe, som kanske var det största vraket i den stora bilen släppte plötsligt missilen med blicken och såg ut genom fönstret. För en lång stund satt han bara där och stirrade ut på det förbipasserande landskapet innan han med ny iver började rengöra en flerpipig kulspruta. Det var tänkt att den skulle sitta monterad på bilens tak och skötas genom takluckan men den store marinsoldaten ville inte släppa den ifrån sig. Med darriga händer och en konstant ryckning i vänster öga såg han mer eller mindre bindgalen ut.

Plötsligt stirrade han ut genom sidorutan och muttrade:

– De tittar mig. Varför måste de alltid titta på mig?

Med en ilsken min blängde han på stubbar och stenar som susade förbi utanför bilen. Ingen av de andra hade en aning om vem eller vad han talade om. Frågan är om han ens visste det själv.

Joanne tog ett djupt andetag och undrade för femtioelfte gången hur det kom sig att hon hamnat i den här gruppen. Hon hade inga som helst problem att förstå att hennes vapenbröder var galna tokstollar som förmodligen var farligare för sig själva än för någon utomjording. Joanne funderade kort på om hennes kollegor någon gång funderade i dem banorna. Kanske tyckte de att hon var den tokige i gruppen?

De var halvvägs genom Texas när den krypterade plattan surrade till. Joanne öppnade texten och blev för en gång skull nöjd med vad hon såg. De hade fått klartecken att passera gränsen. De hade fått en officiell begäran från den mexikanska regeringen om hjälp med problemen nere i Yucatán. Hon suckade ljudligt, det skulle bli en lång och tröttsam resa. Henne vapenbröder var knappast något bra resesällskap. Alla planer om hur de skulle gå till väga fick vackert vänta tills de var på plats och visste vad de hade att göra med. Tills vidare var det bara att luta sig tillbaka och slappna av. Naturligtvis var det en helt omöjlig uppgift då Ervin körde som om han hade stulit allt guld i Fort Knox. Morrande fräste hon åt honom att ta det lite lugnare. Han sneglade som hastigast åt hennes håll men sänkte inte farten det minsta. När hon plockade fram sin pistol och demonstrativt började putsa den flackade hans blick ett ögonblick mellan vapnet och vägen innan han lättade lite på gasen. Efter det gick resan betydligt lugnare.

CIA-chefen hade stora förhoppningar på sitt nya team. Det vore en dröm att redan första året som chef kunna lägga upp någon form av utomjordisk teknologi på presidentens skrivbord. John Ditch såg en bländande karriär framför sig inom den amerikanska administrationen. Han hade sjösatt en helt ny gren inom CIA och förväntade sig att den när som helst skulle leverera någonting matnyttigt. På sitt stora kontor där tidigare presidenter stirrade på honom från väggarna myste han belåtet. Nog skulle det finnas plats för åtminstone en president till på den väggen. I fantasin hade han redan paxat en plats mellan Kennedy och Johnsson. Hans planer var inte små, han siktade i hemlighet på att bli ledaren i väldens största demokrati. John hade som mål att bli nästa president efter Bill Clinton. Fick hans nya team bara tag i något intressant var hans väg mot toppen plogad och klar. Han ville inte pressa dem men de hade redan varit på tre uppdrag och hade ännu inte kunnat visa upp minsta lilla framgång. Med tanke på hur många observationer av flygande tefat som gjordes varje år tyckte han nog att de borde ha hittat något vid det här laget. Det föll honom aldrig in att de kanske inte skulle få några önskvärda resultat överhuvudtaget. I huvudsak beroende det på att de skickades ut för att jaga saker som bara setts av bondlurkar som fått i sig mer hembränt än de egentligen tålde. Den här gången hade han dock säkra bevis på att något ovanligt faktiskt hade hänt. Polischefen i en liten byhåla som han för tillfället inte kom ihåg namnet på hade själv lämnat ett vittnesmål om märkliga varelser. Det skulle ha rört sig om en varelse som var ungefär en och en halv meter hög och som såg ut som om den var till hälften människa och till hälften ödla. Enligt det trovärdiga vittnet skulle den varit grå/svart i färgen och haft stora ögon. På varelsens rygg hävdade mannen att det suttit någon form av vingar. Polischefen hade skjutit mot besten från nära håll men utomjordingen hade bara rullat ihop sig och väntat ut honom. När mannen fått slut på ammunition hade utomjordingen brummande ställt sig upp för att sedan spårlöst försvinna. Polischefen hade inte varit säker på om den flugit i väg eller om den helt enkelt bara gått upp i rök. Hur märkligt det än kunde låta så hade den nya CIA-chefen lyssnat med stort intresse. John hade stor tilltro till ett sådant vittnesmål. Han var nu helt övertygad om att ett rymdskepp låg och lurade någonstans inne i den mexikanska djungeln. Förmodligen hade utomjordingarna fått motorproblem och blivit fast där nere. Hans hemliga specialstyrka var redan på väg för att lägga beslag på skeppet och alla dess makalösa hemligheter. Med belåten min satte han sig bakom skrivbordet: just nu är det deras hemligheter men snart kommer de att vara mina, och då… Han avslutade inte tankegången. Långsamt snurrade han stolen för att blicka ut genom fönstret. Han såg upp mot den regntunga himlen och viskade väsande:

– Vi kommer att ta er, vänta bara. Mitt folk är redan på väg och vi kommer att ta er.

Resan verkade inte ha något slut. Först hade det varit ökenliknande förhållanden med stekhet värme och tonvis med damm. Nu när man närmade sig målet hade vägen förvandlats till en lerig stig mitt i en prunkande grön djungel. Det torra dammet hade ersatts av en fuktig dimma. Värmen som plågad dem under hela resan fanns dock fortfarande kvar. Joe stod uppe i takluckan och svängde hotfullt den ammunitionsslukande kulsprutan fram och tillbaka. Så här långt hade han lyckats skjuta sönder två träd samt en större vägskylt. De oförskämda föremålen hade tydligen stirrat mot honom på ett fientligt sätt. Ja, det var vad han själv sa i alla fall. Varje gång den fräsande kulsprutan började spruta kulor skrek Ax gällt och hjärtskärande. Han lät nästan som en skrämd flickscout.

– De kommer, skydda presidenten. Skydda presidenten, vrålade han gång på gång innan han själv dök ner mot bilens golv. Där låg han sedan i fosterställning och kved som en skrämd kattunge.

Joanne fick hota med att lägga beslag på vapnet om han inte slutade att skjuta sönder allt de passerade. Det låg redan hundratals tomma patronhylsor och skramlade på bilens golv. (Ja, tillsammans med Ax då förstås men han skramlade inte. Visst kved han fortfarande lite men ingen kan säga att han skramlade). Joanne blängde på Joe för att sedan hastigt slänga en blick på de rasslande tomhylsorna.

– Slutar du inte nu så, hon morrade och blängde åter på tomhylsorna: Det där är ju för tusan mer mässing än vad som finns i en trumpetkvartett. Lägg av nu, annars!

Med hotet hängande i luften satte hon sig tungt ner i framsätet igen. Joe stod kvar i takluckan och såg moloket på de träd och stenar som enligt honom själv stirrat på honom. Då och då slängde han även en dyster blick på Joanne.

Efter 32 långa timmar i bil tog resan äntligen slut. Eller att säga att resan tog slut kanske skulle vara att ta i. Man borde snarare ska säga att den tog ett litet uppehåll. Ervin hade nämligen somnat bakom ratten och kört rakt ut i den frodigt gröna djungeln. Det tog dem en halv dag att få upp bilen på vägen igen. En fördel med det långa uppehållet var dock att under hela tiden de andra kämpade med att få ut den stora jeepen ur skogen sov Ervin som en stock. När bilen väl stod på vägen igen var han pigg som en mört och återtog glatt sin plats bakom ratten. De fortsatte sin vådliga färd allt djupare in i den tätnande djungeln. När den stora jeepen svängt av från riksväg 157 trodde de att de var nära. Joanne kollade snabbt kartan för att sedan ta ytterligare lite tid till att svära innan hon hoppade in i bilen igen. Custepec som var deras destination låg fortfarande en bra bit bort. Efter ytterligare några timmar hade Joanne slutligen fallit till föga för tröttheten och somnat. Hur otroligt det än verkar så körde Ervin som om han faktiskt tog hänsyn till henne.

Deras lilla grupp hade konstigt nog ingen chef. Förmodligen var det tänkt att de skulle gå efter sina militära grader men så hade det inte blivit. De tre grabbarna i bilen hade ingen lust att bestämma så de överlät helt sonika befälet åt Joanne. Dessutom var det minst två av dem som tyckte att ”Titanen” var lite skrämmande. Det stora svärdet hon ständigt släpade med sig oroade dem mer än de vågade erkänna. Medan Joanne sov smalnade vägen av och skogen runt dem tätnade. Längs vägens sidor höjde sig bergssidorna allt högre mot himlen. Till slut var det som om himlen bara fanns som ett ojämnt streck rakt över deras huvuden. Ax hade så småningom kravlat upp från golvet och satt sig i baksätet. Nu tuggade han frenetiskt på sin otända cigarr samtidigt som han med en frånvarande blick tittade rakt in i djungeln. Med en tydlig förvirring mumlade han:

– Jag tror inte att vi är i Kansas längre.

Att döma av hans skräckslagna ansiktsuttryck verkade han tro att den elaka häxan från väster skulle dyka upp mellan träden när som helst. Hans kommentar fick Joe uppe vid kulsprutan att först skratta till för att sedan börja sjunga ledmotivet till trollkarlen från Oz. Det var väldigt få resande på den snirklande vägen där Joanne och hennes kollegor for fram, men människorna som de då och då passerade vände sig förvånat om och såg efter bilen. Kanske var det inte så konstigt som det först kan verka. Det är ju trots allt inte särskilt ofta som man möter en tungt bestyckad militärbil där passagerarna med förvånansvärd skicklighet och i stämmor sjunger:

– We are off to see the wizard, the wonderful wizard of Oz.

5 Udda möten

Det var en trolljägare i uselt skick som landade i det stora lägret. En grönmålad Bell UH1 helikopter hade plockat upp Jan på flygplatsen i Mexico City. Han hade mått dåligt redan då och synen av den gröna djävulsmaskinen hade inte gjort saken bättre. Så fort han stigit ombord hade piloten dragit på för fullt och lyft rakt upp i luften. Jans redan i förväg väl tömda mage protesterade vilt av den omilda behandlingen. Helikoptern hade sedan med smattrande rotorblad hoppat över bergstoppar och dykt ner i dalgångarna. Hela vägen mellan flygplatsen och lägret hade Jans ansiktsfärg skiftat mellan vitt och grönt. Av någon anledning hade piloten trott att hans passagerare skulle tycka om att flyga i trädtoppshöjd. Jan hade innan de landade lyckats skifta till en tredje ansiktsfärg. När han på skakiga ben klättrade ur maskinen var han askgrå. Med en sista ilsken blick på den busflygande piloten drog han ut sin packning och vacklade muttrande in mot lägret. Han kände hur damm och småsten träffade honom i nacken när den fördömda flygmaskinen kastade sig upp i luften igen. Han drog en suck av lättnad och var otroligt glad över att han inte längre satt inne i den sabla tingesten. Med viss tvekan studerade han lägret för att se vart han skulle ta vägen. Lägret låg mellan två höga berg i mynningen av en vid dalgång. Den mexikanska militären hade byggt ett rejält läger och hade på så sätt lyckats stänga av vägen in i dalen. Längs kanterna hade taggtråd och kraftiga strålkastare placerats. En smal och synnerligen lerig väg gick från inpasseringen för att sedan försvinna ut ur lägret på andra sidan. Vid bommen som han just passerat satt två soldater och kurade. Borta vid den andra bommen som vette in mot dalgången var de fler. Dessutom satt det en grupp soldater vid en stor kulspruta och spanade in i djungeln. Han skakade uppgivet på huvudet, det var alltid samma sak. Förstod inte de trygga vad som stod på så kom alltid en massa vapen fram. Han visste av egen erfarenhet att det i sådana här situationer oftast var farligare att vara i närheten av de trygga än att jaga det som gömde sig ute i skogen. När han kommit till mitten av lägret såg han sig om och tvekade. Tre rader av gröna militärtält samt ett stort ledningstält. I ena hörnet av lägret stod ett ensamt tält som inte riktigt verkade passa in. En tipi av indianmodell reste sig över de militärgröna tälten. Kurt stod ute på gårdsplanen och tycktes tala med en officer. Jan var fortfarande för långt bort för att kunna höra vad de pratade om men han kunde tydligt se att Kurt var upprörd. Gång på gång stötte han sin högra hand i riktning mot skogen. Hans vänstra hand rev samtidigt runt som en lusletande grävskopa uppe i hans hår. Jan längde på stegen och ställde ner sin packning i samma ögonblick som militären försvann bakom närmaste tält. När Kurt väl såg honom flämtade han till av lättnad och till Jans oförställda förvåning tog Kurt ett steg fram och gav honom en stor kram och viskade:

– Det där korkade kräket låter mig inte gå in i dalen. De väntar tydligen på en grupp experter från USA. Vet du vilka han kan mena?

Jan lyfte förvånat ena ögonbrynet samtidigt som han försiktigt lösgjorde sig ur Kurts famn.

– Nej, jag har inte hört ett ljud om någon amerikansk grupp. Vad jag vet så var begäran om hjälp i den här regionen lågt prioriterad. Vore det inte för att Tom hade försvunnit så hade chefen förmodligen sagt nej till min begäran om att få åka.

Jan rynkande pannan och tänkte efter ett ögonblick innan han fortsatte: Han borde ha nämnt något om en grupp skulle komma från USA. Han såg bekymrad ut när han sa det sista samtidigt som han ryckte på axlarna. Det visade sig att Kurt hade anlänt en dag tidigare och då blivit tilldelad det något egendomliga tältet i kanten av lägret. Han hade faktiskt blivit lite överraskad över att han ens blivit insläppt. Flera personer som kommit till bommen före honom hade tvingats att vända. När det var hans tur hade de bara öppnat och släppt in honom. Kurt misstänkte att någon förvarnat mexikanerna om att byrån skulle skicka personal. Jan nickade fundersamt men hann inte svara innan en annan röst hördes:

– Gamla gubbar, är det allt byrån kunde skaka fram?

Rösten var släpig och med en tydlig Chicagodialekt. Ur det stora indiantältet klev en man klädd i trolljägarnas rustning. På huvudet bar han en svart cowboyhatt. Mannen tuggade på en tandpetare och flinade busigt.

– Tjena Janne, hur är läget? Har du hittat på någon nytt sedan sist? Själv var jag tvungen att ta det lite lugnt efter jobbet i Kina. Helskotta, jag drömmer fortfarande mardrömmar om de där galna systrarna.

Kurt kände inte Josh men han förstod av samtalet att de båda trolljägarna hade jobbat tillsammans förut. Med en något tveksam rörelse stäckte han fram handen för att presentera sig.

Det kunde ha blivit en riktigt trevlig kväll runt lägerelden om det inte varit för att både Jan och Kurt tyngdes av oro. Kurt var naturligtvis orolig över att Tom gått in i dalen. En oro som inte mildrades av att Josh målande hade beskrivit vad som sannolikt väntade dem därinne. Jan var i sin tur orolig för att han inte fått tid till att förklara det där med drakbrygden. Kurt var oftast frånvarande och lyssnade bara med ett halvt öra när Josh berättade historien om hur han och Jan några år tidigare varit med om att rädda Kina från en hel svärm av vasstandingar.

Kurt hade inte en aning om vad en vasstanding var. Han hade väldigt lite koll på vad trolljägarna sysslade med. Att de jagade hjärtlösa var väl en självklarhet men han visste faktiskt inget om deras taktik. Naturligtvis förstod han att om han hade läst på lite bättre så hade han förmodligen fått nytta av de kunskaperna nu. Det var först när Josh börjat berätta om de båda systrarna som Kurt reagerade och överraskande utbrast:

– Jag vet vilka det är! De är inte riktigt kloka på en enda fläck. Josh hejdade sig och såg både överraskat och nyfiket på honom. Han fäste roat blicken på Jan innan han nickade åt Kurt att fortsätta. Han ville höra allt om vad de båda tokstollarna ställt till med den här gången. Ögonen tindrade som på ett barn när Josh sög åt sig varje ord av historien. Ett roat leende spelade över hans ansikte när Kurt berättade. Leendet övergick så småningom i ett frustande skratt och när berättelsen nådde den vådliga linbanefärden som slutat med att Jan fått bada vrålade han av skratt. I den sena och allt mörkare natten ekade hans skratt slutligen mellan de svarta bergssidorna som omgav dalen.

Josh var inte alls lika munter nästa morgonen när han såg en stor grönmålad Jeep rulla in i lägret. Han petade till Jan innan han med en äcklad min nickade mot bilen.

– Tusan också. Det där är den nyinrättad paranormala styrkan.

De tillhör CIA. Den nye chefsdåren inom CIA har bildat en grupp som har till uppgift att jaga utomjordingar. Det där är deras jaktgrupp.
Josh ansikte var bistert när han talade. Jan stod och såg på när den främmande gruppen lastade ur. Den första var en liten man i 30-årsåldern som var klädd i vad som såg ut som en flyguniform. Mannens blick flackade fram och tillbaka mellan skogen och bilen. Även på det här avståndet var det lätt att se att han inte var fullt frisk i huvudet. Nästa man som klev ur var en lång och gänglig man med långt mörkt hår. Det var omöjligt att gissa hans ålder. Mannen såg gammal ut men han rörde sig med ungdomlig elegans. Han hade något så ovanligt som en sjömansskjorta på sig, med kraglapp och allt. Sist kom en stor och bredaxlad man klädd i grön skjorta med avklippta ärmar. Mannens bara armar var nästan ofattbart kraftiga och såg omänskliga ut. Han hade en grön halsduk knuten runt huvudet. En enorm kniv satt fast i ett bälte som hängde över hans ena axel. Bältet satt snett över hans breda bröstkorg. Den storvuxne mannen slängde med en nonchalant gest upp en stor kulspruta över axeln. Det såg nästan ut som om vapnet var viktlöst i hans väldiga nävar. Jan petade på Josh och ställde viskande frågan:

– Vad hette den där filmen som handlade om en soldat som förstörde en hel liten stad när han kom hem från Vietnam?

Josh svarade inte omedelbart utan tittade först åt samma håll som Jan. När han såg den store mannen borta vid bilen svarade han utan att reflektera på frågan.

– Rambo.

– Ja just det, så hette den. Det verkar som han där har sett den några gånger för mycket, sa han och nickade bort mot jätten med kulsprutan.

Jan hade missat den sista passageraren och redan vänt sig om när han plötsligt såg något i ögonvrån. En vältränad kvinna med långt blont hår. Hon såg ut att vara runt 30 år och rörde sig överraskande smidigt trots den skrymmande utrustningen som hon hade hängande över ena axeln. Utan synbar ansträngning kastade hon upp en låda på den andra axeln och gick efter sina vänner. Med misstänksam min sneglade hon bort mot de tre gloende männen. Överraskande nog var det Kurt som såg det först.

– Vänta ett tag, har hon ett svärd på ryggen?

Frågan fick Jan att kisa med ögonen innan han långsamt nickade till svar.

– Jepp, det ser så ut. Jag önskar att jag kunde säga att det bara bevisar hur galna de är men, ja, alltså… Vi bär ju också svärd. Han ryckte på axlarna och avfyrade ett snett leende innan han gick in i tältet.

Lisa hade så här långt haft en riktigt eländig resa. Problemen hade startat redan på Arlanda. Tydligen var man tvungen att ha alla sina vaccinationspapper med sig om man vill ta med en hund. Lolu var tvungen att vara vaccinerad mot allt möjligt. Lisa hade tålmodigt förklarat för tjänstemannen att Lolu hade fått alla sprutor som hon skulle ha men då hade den förstoppade tjänstemannen bakom disken krävt bevis på det. Lisa hade till slut ringt till byråns huvudkontor och berättat om sina problem. Det tog fem minuter innan hon artigt visades ombord på flygplanet. Någon hade tydligen upplyst den trångsynte byråkraten om att hennes uppdrag var viktigt. Nästa bakslag kom när hon landade i Mexico City. Det är en rackarns lång väg mellan Mexico City och Custepec. Lisa hade efter visst besvär lyckats få tag i en biljett till en långfärdsbuss. Först hade hon oroat sig för att Lolu inte skulle få åka med men när bussen väl kom så visade det sig att både människor och djur var välkomna ombord. Lolu fick följa med precis som alla både getter och höns. Hunden hade legat vid Lisas fötter och blängt misstänksamt på en get. Den aktuella geten i fråga hade, åtminstone enligt Lolu varit lite väl närgången mot hennes matte. Bussresan tog elva timmar och Lisa var vaken nästan hela tiden. Som närmaste granne hade hon nämligen en extremt jobbig anka. Så fort som hon slumrade till började den förbaskade fågeln att dra i hennes hår. Det var en trött trolljägarlärling som klev av bussen i Custepec. Hon fick av en tjänsteman i ankomsthallen veta att vägarna runt den lilla staden inte var säkra för en ensam kvinna. Den lokala gangsterbossen, Los Lobos, hade sina män utposterade lite här och var i området. Mannen hade sagt åt henne att vara försiktig och att inte röra sig för långt bort från huvudgatan på egen hand. Hon hade artigt tackat honom och sedan gått in på damtoaletten. Efter att hon gjort det man i huvudsak gör på toaletter bytte hon om. Reskläderna åkte ner i ryggsäcken och hon tog i stället på sig sin rustning. Lisa var inte särskilt orolig för det lokala buslivet utan förberedde sig för något helt annat. Det fanns helt enkelt inga säkra uppgifter på hur långt de där skugglöparna hade spridit sig. Hon tänkte inte vara oförberedd om något skulle hända tidigare än vad hon väntat sig. Nu kunde hon ju inte gå runt i sin gnistrande rustning på dessa skitiga små gator hur som helst så hon drog en blå luvtröja över rustningen. Svärden som hon normalt bar på ryggen fastnade i tröjan och ställde till det för henne. Muttrande plockade hon av sig svärden och mixtrade med remmarna. När hon var klar synade hon resultatet i den spruckna spegeln. Det såg ganska bra ut, en mörk tröja med huva, vita byxor och en stor grön ryggsäck. Svärdsskidorna hade hon vänt upp och ner så i stället för att sticka upp som vingar över hennes axlar petade svärdshandtagen nu diskret ut under ryggsäcken. Hon stod och pillade med huvudkransen en lång stund. Efter en lång tvekan suckade hon och satte den på huvudet. När hon nu såg sig i spegeln syntes nässkyddet tydligt. Hon suckade igen men fick sedan en idé. Snabbt vände hon kransen bak och fram och provade igen. Med tröjans huva uppfälld skulle inte kransen synas. Nu såg det nästan ut som om hon hade ett vanligt pannband på sig. Det var bara det röda märket för de kinesiska trolljägarna som lyste i hennes panna. Normal brukade den röda draksymbolen sitta bakåt men nu dolde sig nässkyddet där i stället. Hon nickade nöjt och gick ut till Lolu som med vaksam blick legat utanför dörren. När hon tacksamt nickat adjö till mannen i ankomsthallen började hon målmedvetet gå ut från stadens centrum. Custepec är ingen stor stad utan snarare en liten byhåla så det tog inte många minuter innan hon lämnat stadens larm bakom sig.

Det var först nu när hon och Lolu var ensamma som hon kunde fundera på vad som kunde ha hänt. Varför hade Tom åkt ner hit ensam och hur kom det sig att han inte hade berättat det för henne? Han var ingen trolljägare eller ens en lärling till en så vad gjorde han här? När hon gick där med blicken fäst i dammet vinglade hennes tankar fram och tillbaka. Hon hade aldrig förstått att det kunde vara så svårt att planera ett sådant här uppdrag. Då Jan hade fixat deras förberedelser hade han alltid varit så lugn och metodisk.

När hon fortsatte framåt på den smala vägen tillsammans med Lolu kom också oron krypande. Tom hade alltså försvunnit någonstans i den här extremt gröna delen av Mexiko. Vad i hela friden kunde hon göra åt det? Hon vred på huvudet och studerade växtligheten, den såg ut som en grön mur. Hennes mod sjönk och hon började grubbla.

Loco hade fått order om att stoppa alla som jobbade för Los Lobos. Enligt chefen kunde de av misstag råka ramla in i den tillfälliga militärförläggningen söder om Custepec. Naturligtvis var det ett skitjobb, det visste han, men bossen hade varit tydlig.

– Jag vill inte att någon av mina grabbar åker fast bara för att de är lite korkade och inte klarar av att läsa skyltar, hade han sagt. Loco var ny i den mäktiga organisationen och fick därför räkna med att få sådana här uppgifter. Han hade precis fyllt 23 år och bestämt sig för att bli gangster. Han hade gillat tanken på snabba pengar och spännande äventyr. Loco hette egentligen Fernando och kom från en gård uppe i norr där man ägnade sig åt fruktodling. Det var en liten men välskött gård som ägdes av hans föräldrar. Han hade inte haft lust att hänga kvar på gården utan valde i stället äventyret och möjligheterna till snabba pengar i den kriminella världen. Hans jobb just för tillfället var att varna andra Lobos om de av misstag åkte mot militärens avspärrningar. När bossen förklarat uppgiften för honom tyckte han att det lät som ett onödigt jobb men efter tre dagar i den fallfärdiga gamla vägkrogen hade han ändrat sig. Han hade redan fått vända ett halvt dussin män. Det hade gått upp för Loco att de flesta gangsters som jobbade för Los Lobos inte var särskilt smarta. Mer än en av dem hade helt enkelt gått åt fel håll när de varit på väg in till byn.

Loco satt lutad mot vägkrogens spruckna lervägg när en person och en hund kom vandrande längs vägen. Han tvekade en stund men när de nästan var framme hos honom bestämde han sig. Klumpigt och ovant fumlade han fram pistolen som bossen givit honom. Med vapnet bakom ryggen gick han flinande ut mot vad som verkade vara en ung flicka. Att döma av ryggsäcken var hon en sådan där backpacker. En av de där tokstollarna som gillade att vandra uppe i naturreservatet. Han hade hört från andra Lobos att det var ett bra extraknäck att råna backpackers. De hade tydligen alltid lite extra pengar med sig. Fernando, eller Loco som han nu kallade sig tog flinande ett steg ut i gatan och visade sin pistol.

– Här måste man betala tull.

Flickan tittade inte upp utan stannade bara ett par meter framför honom. Loco blev osäker på om hon förstått honom och höjde rösten.

– Hallå hörde du inte? Ge mig pengarna och allt annat som kan vara av värde.

Han tog försiktigt ett halvt steg framåt och höjde pistolen. Hon svarade honom på spanska men med en konstigt sjungande dialekt.

– Är du säker på det här?

Han rynkade förvånat pannan. De andra hade sagt att det skulle räcka om man viftade med pistolen för att folk skulle bli livrädda och göra som de blev tillsagda.

– Ge mig pengarna om du vill leva! Röt han samtidigt som han oroligt flackade med blicken.

Han började fundera på om det kunde vara någon sorts fälla. Flickan sprätte plötsligt till med fingrarna och hunden försvann som ett grått streck upp i skogen.

Loco vred hastigt på huvudet för att se vart den stora besten tog vägen. Ögonblicket senare stod han med ryggen mot den spruckna väggen till den nedlagda vägkrogen. Han förstod inte vad det var som hänt. I ena sekunden hotade han flickan med sin pistol och i nästa stirrade han på den längsta kniv han någonsin sett. Det skrämde honom från vettet då han stirrade på den från den spetsiga änden. På något sätt hade flickan slagit pistolen ur hans hand och knuffat honom två meter bakåt. Var den sabla jättekniven kommit ifrån hade han inte en aning om.

– Då frågar jag igen. Är du säker på det här?

Flickan morrade fram orden samtidigt som hon lyfte på huvan så att han såg hennes ansikte. Han skakade skräckslaget på huvudet utan att säga ett ljud. Nu kanske man kan tycka att det inte var så jättesmart att skaka på huvudet då spetsen på den fördömda jättekniven stack honom i nästippen. Varje gång han vred på huvudet blev det en ny rispa längst ut på näsan. När han väl sansat sig och slutat vrida på huvudet såg det ut som om han försökt pussa en ilsken vildkatt. När hon sköt tillbaka huvan klarnade hans tankar. För första gången såg han det gyllene bandet i hennes panna. Osäkert synade han henne noggrannare och visst blänkte det av en rustning under den bylsiga tröjan. När han följde knivbladet med blicken gick ögon i kors när han närmade sig spetsen. Det var inte en kniv. Det var ju för tusan ett enormt svärd. Loco tappade all verklighetsuppfattning och hans tankar kastades tillbaka till föräldrarnas gård. I hans pojkrum låg en serietidning och samlade damm. Det var ett tummat och sönderläst exemplar av Wonder Woman.

Det är märkligt hur de trygga alltid försöker finna någon förståelig förklaring på saker de ändå inte begriper. Men det är så de fungerar och Loco var inget undantag.

Det susade i öronen på honom och han kände sig yr och illamående. Hans ben vek sig och han blev sittande på knä framför den skräckinjagande unga kvinnan. Egentligen var hon bara en flicka men det spelade ingen som helst roll. Nu väste hon åt honom på sin märkliga dialekt.

– Jag vill inte se dig här någon mer gång. Är det uppfattat?

Med ångestfylld blick stirrade han upp i flickans ansikte samtidigt som han ivrigt nickade och började be för sitt liv. Att be för sitt liv var nog bra men inte att nicka. Kom ihåg att svärdsspetsen fortfarande vilade mot hans nästipp och nu gav den honom nya rispor. Han insåg plötsligt att han förmodligen inte hade många sekunder kvar i livet. När den stora hunden plötsligt dök upp bredvid honom stelnade han till och slutade att andas: Varg, det måste vara en varg, och den nosar mig i örat. Min dumma åsna. Försökte jag verkligen råna Wonder Woman? Tankarna brusade vilt i hans huvud och han fick ingen ordning på dem. Han blundade hårt för att invänta det ofrånkomliga slutet.

– Men vilka områden har ni genomsökt?

Joanne pekade upprepade gånger ner mot kartan inne i överstens tält. Den lokala befälhavaren satte fingret på platsen där lägret låg och sa:

– Den här!

Joanne trodde inte sina öron.

Den mexikanska militären hade alltså organiserat det här stora lägret men allt de utförde var att fungera som en vägspärr.

– Varför har ni inte spårat upp och dödat varelsen? Befälhavaren bleknade märkbart när hon ställt frågan. Han bytte raskt språk och gick över till att stamma på spanska när han pekade in mot dalgången.

– Cho, Chop, Chopacabras.

Han ansåg inte att han behövde förklara sig närmare. Ingen vettig människa närmade sig frivilligt dessa odjur. Hon stirrade ilsket på honom en lång stund innan hon svarade:

– Du öppnar bommen om tjugo minuter. Vi åker in och gör jobbet åt er.

Med det stora svärdet guppande på ryggen svepte hon ut ur tältet utan att vänta på hans svar. När hon passerade Ax greppade hon tag i hans krage och föste honom framför sig.

– Ladda och klargör, vi åker om tjugo minuter.

Borta vid det spetsiga tältet satt de tre jägarna och studerade en stor karta över området. När Joanne stormade ut ur befälståltet såg Jan upp.

– Vem är det där egentligen? frågade han.

Josh såg efter kvinnan och svarade efter en viss tvekan.

– Jag vet inte säkert men jag ska försöka ta reda på det. Det är något med den flickan som inte stämmer.

Kurt satt under tiden och drog med fingret längs kartans linjer.

– Enligt det sista samtalet jag hade med Tom så skulle han försöka få ut några människor som bodde utmed den södra kanten. Det var det sista som jag hörde från honom. Enligt befälhavaren har varken Tom eller någon annan kommit ut ur djungeln. Översten påstod att han hade försökt stoppa honom men att Tom bara viftat undan varningen.

– Mm, precis som vi kommer att göra, muttrade Josh.

Jan vände sig om och släppte den unga kvinnan med blicken.

– Vi hämtar Tom och eventuella överlevare inifrån dalen. Vi kommer inte att försöka jaga skugglöparna, okej?

Kurt som inte hade någon som helst erfarenhet av dessa bestar såg frågande ut. Men behövde inte ställa frågan.

– Vi är för långsamma. Vi kommer inte att klara av dem, förklarade Josh.

Jan nickade instämmande med en bister min.

Hon var borta. I ena sekunden hade han varit säker på att han skulle dö och i nästa satt han där ensam. Hon hade till och med satt ett plåster på hans sargade nästipp. Med skallrande tänder och darrande ben ställde han sig upp och undrade om han drömt alltihop. Nej, hans pistol låg i två delar på marken en bit bort. Det såg ut som den sågats rakt av framför handtaget. Han såg sig förvirrat omkring. Vart hade hon tagit vägen? Fernando insåg att

han inte ville vara gangster längre. Han var klar med det livet innan han ens hade kommit i gång. Omtöcknat vacklade han in i det fallfärdiga huset och tog sin packning. Sedan började han att gå, raka vägen hem. Han stannade inte förrän han stod och kramade sin gamla mamma i grinden till den välskötta lilla fruktodlingen.
Fernando skulle komma att sköta både gården och sitt liv med ordning och reda som rättesnöre. Han gifte sig så småningom och fick barn. Han skulle aldrig glömma den gången han hade haft den något tveksamma äran att bli tillrättavisad av en äkta superhjälte.

När Hollywood många år senare bestämde sig för att göra en film om Wonder Woman kunde Fernando inte låta bli att se den. I biografens mörker satt han där tillsammans med sina tre barn. Inte helt oväntat tyckte alla tre att pappa var superpinsam när han plötsligt ställde sig upp och högljutt meddelade för alla som ville höra (och även en del som förmodligen inte ville det) att han hade träffat den kvinnan. Han pekade ivrigt mot filmduken när han sa:

– Den riktiga hjältinnan alltså. Hon förändrade mitt liv!

Lisa flinade när hon småspringande försvann under några stora gröna löv. Den korkade pojken hade tittat efter Lolu när hunden försvunnit upp i skogen. Det var allt som Lisa hade behövt. Hon hade dragit sina båda klingor från ryggen och med den stora slagit pistolen ur hans hand. En kraftig spark i hans bröst hade fått honom att stappla bakåt tills han slog in i det gamla husets vägg. Innan gangstern förstått vad som hänt hade hon satt spetsen på sin lilla klinga mot hans nästipp och väntat på hans nästa drag. Hon var inte riktigt säker på vad som hade hänt efter det. Han hade börjat att mumla och stirra på henne som om han sett ett spöke. När all färg lämnade hans ansikte och han började svaja tyckte hon faktiskt lite synd om honom. Den unge gangstern hade tydligen tappat fattningen totalt och gnyende fallit på knä. Det var när han satt och blundade som hon stoppade undan sina svärd. Pojken verkade ha svimmat för han rörde sig varken när hon satte plåstret på hans näsa eller när hon ljudlöst smög i väg.

Hon fortsatte i ytterligare någon timme innan hon slutligen skymtade några kraftiga lampor mellan träden. Hon hade äntligen nått sitt mål.

Den stora amerikanska jeepen lämnade lägret precis innan mörkrets inbrott. På taket satt den livsfarliga gattlingkulsprutan tillsammans med en kraftig strålkastare. När Joe vred det flerpipiga vapnet fram och tillbaka spelade ljuskäglan mellan träden. Josh stod utanför tipin och såg efter dem.

– Ja hopp, det där är nog det sista vi ser av dem.

Jan skakade på huvudet och sneglade mot ljuset som försvann inne i den täta djungeln.

– Säg inte det. De har en rejäl ficklampa och skugglöpare gillar inte starkt ljus. De förstår det förmodligen inte själva men den lampan är deras bästa vapen.

När de båda trolljägarna stod och såg efter bilen knackade Kurt Jan på axeln. Han vände sig undrande om. Kurt pekade menande bort mot inpasseringen i andra ändan av lägret.

– Kände du till det där?

– Vad i hela friden…

Jan kunde inte tro sina ögon.

En stor grå hund och en flicka hade kommit in i lägret. Han tystnade för att resa sig och börja springa. Jan svepte upp Lisa i sina armar och snurrade henne ett par varv samtidigt som han log så att man kunde tro att hans ansikte skulle spricka.

Hon blängde irriterat mot honom och gjorde sig fri.

– Var tusan är vi egentligen? frågade hon i en ton som avslöjade att han ännu inte var förlåten.

Jan var för lycklig över att se henne för att fästa sig vid hennes tonfall. Han rufsade om pälsen på Lolus huvud och log även mot hunden innan han slutligen samlade sig.

– Vi är på en plats som inte har något namn men det där, han pekade mot den frodiga djungeln, är skugglöparnas dal. Därinne finns en hel grupp med fulingar och av vad vi sett hittills kommer vi inte att klara av dem. De är för många och djungeln är för tät och mörk. Det kommer med största sannolikhet ner så lite ljus genom trädkronorna att de kan jaga även under dygnets ljusa timmar.

6 Skuggor

Bilen hade vaggat fram i en timme på den urusla lilla stigen som skulle föreställa en väg. Joe hade från början fått tillstånd att använda sin älskade kulspruta så fort han fann det nödvändigt. Det var ett tillstånd som ganska snart drogs in då han tydligen tyckte att det var nödvändigt i stort sett hela tiden. Det sexpipiga vapnet hade kastat ur sig så mycket bly att det såg ut som om någon kört med en skördetröska i skogen runt dem. Bakom dem låg djungeln i trasor och en och annan avskjuten gren rasslade fortfarande ner från trädtopparna. När det låg ett fem centimeter tjockt lager av tomhylsor på bilens golv fick det vara nog. Den vettskrämda Ax som återigen låg och kravlade på golvet fick byta plats med Joe. I ljuset från den skarpa strålkastaren som satt bredvid det kraftfulla vapnet såg Ax nästan ut som en vaxdocka. Piloten hade ingen som helst erfarenhet av att åka runt och leta efter konstigheter nere på marken. Han var van att sväva ovanför problemen, inte att vara mitt ibland dem. Joanne klappade honom uppmuntrande på benet och berömde honom för att han inte sköt sönder allt de passerade.

– Som vissa andra tydligen inte klarar av att låta bli, muttrade hon och blängde på Joe.

– Inte bra, inte bra alls. Gör er klara, vi lämnar lägret om fem minuter. Säg till befälhavaren att han ska rikta sina lampor bort mot stigen i stället för rakt ner mot bommen. Jan morrade ut sina order samtidigt som han kämpade med sitt svärdsbälte. CIA:s folk hade bara varit utanför avspärrningen i några minuter och redan ekade skottsalvorna inne i skogen. Den enda som faktiskt inte behövde jäkta var Lisa. Hon hade ju redan hela sin utrustning på sig. Allt hon behövde göra var att ändra läget på sina båda klingor. När Kurt hoppade förbi på ett ben samtidigt som han försökte få på sig en av sina nya stövlar höll hon på att spänna på sig sitt pilkoger. Förvånat och en aning roat såg hon på hans grodimitation innan hon hejdade honom och pekade på vristspännet.

– Du ska nog öppna det där, det går lite lättare då.

Kurt såg lite generad ut när han tackade för tipset.

– Jag är inte riktigt van vid de här prylarna, ursäktade han sig och ryckte på axlarna.

Han hade lyckats tigga till sig en hel trolljägarrustning innan han gav sig i väg till Mexiko. Det hade helt enkelt inte fungerat att ge sig ut i en skog full med troll klädd i en drakjägardräkt. Han visste att han inte skulle vara till någon särdeles hjälp om de skulle råka in i problem. Det var däremot en självklarhet att han skulle med, det var hans pojke de skulle leta efter.

Bommen öppnades och en ny fyramannagrupp lämnade lägret. Den här gången gjorde de det dock till fots. I täten gick Lolu med Jan strax bakom. De övriga tre gick i tät formation, Lisa som gick sist spanade bakåt större delen av tiden. Knattret inne i skogen hade tystnat efter en stund och det skarpa ljuset från bilens strålkastare syntes inte längre mellan träden. Jan var förvånad över att Lolu inte hade fått upp några spår. Om det inte var skugglöpare som attackerat CIA-folket så kunde han inte förstå vad det var de skjutit på. Han stannade upp och lyssnade men hörde ingenting. Förvisso fanns skogens vanliga ljud runt omkring dem men inte minsta ljud som antydde närvaron av skugglöpare. Vad var det de hade försvarat sig emot? Han fortsatte framåt en stund innan han stelnade till. Bakom sig hörde han en gren som knäcktes. Med spänd min stannade han och lyfte på det drakskinn som hängde ner runt baksidan av hans hjälm. Det var tyst en liten stund innan han hörde ett nytt knak. Den här gången hörde han exakt var det kom ifrån. Ljudet kom från stigen rakt bakom honom. Någonting knäckte grenar mellan honom och resten av gruppen. Han stod med bågen halvspänd och väntade, då och då knäcktes en ny kvist. Det var först när han tyst som en vind smög tillbaka runt kröken som han insåg vad det var som lät. Jan kunde inte låta bli att sucka och himla med ögonen. Alla trolljägare har fått lära sig att gå som på äggskal. En drakjägare däremot hade aldrig tränats i den svåra konsten att röra sig ljudlöst. Det var naturligtvis Kurt som i sina nya stövlar trampade på både kvistar och grenar. Jan såg att Lisa grimaserade varje gång Kurt trampade på något som gav ljud ifrån sig. Med en handrörelse stoppade han gruppen. Han visade vidare med handrörelser att Kurt skulle gå bakom Josh och sätta sina fötter på samma ställe som honom. Drakjägaren såg länge och oförstående på honom innan han uppgivet slog ut med armarna.

– Säg vad du vill att jag ska göra i stället för att stå där och veva som en jädra väderkvarn, muttrade han irriterat.

Kurt visste mycket väl att han var den enda av dem som knäckte grenar och kvistar. Faktum var att han trott att de tappat bort Lisa några gånger. Hon rörde sig tyst som en dimma. Inte en enda gång hade han hört ett ljud bakom sig men när han oroligt vänt sig om för att se vart hon tagit vägen hade hon varit där och spejat ut i skogen.

Kurt hade alltid ansett att drakjägare var de bästa jägarna inom byrån men nu började han att tvivla. När man skulle tampas med en drake skedde det oftast i en grotta och då ville man att den skulle höra att man kom. Det var ju först när draken anföll som man fick chansen att dräpa den. Han stirrade intensivt på Joshs fötter och försökte verkligen att sätta sina egna fötter i Joshs spår. Det gick lite bättre men hans ögon letade inte längre efter faror ute i djungeln utan var fokuserade på spåret framför honom.

Jeepen satt hopplöst fast i leran. De hade försökt att dra loss den med hjälp av vinschen i fronten men det hade inte hjälpt. Det hade snarare gjort saken ännu värre. Från och med nu fick de gå om de skulle ta sig vidare. Den fräsiga kulsprutan uppe på bilens tak fick vara kvar. Den var helt enkelt för tung att bära med sig. Joanne viskade till den lilla gruppen att Joe skulle bilda eftertrupp och att hon själv skulle gå som spanare längre fram. Ax och Ervin fick bära det mesta av gruppens materiel då de gick tillsammans i mitten. Längst fram smög alltså en ung kvinna med ett automatgevär i händerna och ett gammalt svärd på ryggen. Bakom henne kom en livrädd pilot och en gänglig flottist, båda med uppspärrade och skrämda ögon. Sist kom en enorm marinkårssoldat med bara armar och en kulspruta i händerna. Över hans breda bröst hängde flera varv med patronband. Snett över hans breda rygg vilade dessutom ett granatgevär. Den stora kniven som normalt skulle befinna sig i sin skida hade av en något oklar anledning hamnat mellan hans tänder. Joanne kunde inte riktigt förstå vad den gjorde där men beslöt sig för att hon inte ville veta.

Hon funderade i stället på sin morfars sista ord när hon smög vidare: ”*Jag vill att du ska bli det bästa du kan bli*”, hade han skrivit. Var det här verkligen det bästa hon kunde bli? Det var en fråga som gnagt i henne ända sedan hon trott sig se den där konstiga varelsen i Everglades. Hon hade varit helt säker på att den gått på två ben och att den såg ut som en ödleman. Alla andra som varit med hade sagt att det hade varit en alligator. Hon kunde för sitt liv inte förstå hur hon kunnat se så fel. Nu hade hon genomgått en långvarig och dyr behandling hos en psykolog, så hon visste att hon hade haft fel. Läkaren hade förklarat det med att hon förmodligen fått sin fantasi överstimulerad som barn.

– Var det någon i hennes familj som brukade berätta spökhistorier eller låtsades att tomtar och troll fanns på riktigt? hade psykologen frågat.

Jo tack, nog hade morfar låtit trovärdig alltid när han berättat om ”sina äventyr” för henne. Morfar var alltså den person som enligt psykologen var skyldig till att Joanne såg saker som uppenbarligen inte fanns.

”*Jag vill att du ska bli det bästa du kan bli*”. Hon önskade att hon förstått vad morfar hade menat med de orden. Det var ju trots allt hans egna berättelser som ställt till det för henne. Hon skakade sorgset på huvudet och fortsatte framåt.

Bilen hittade de i gryningen, den stod djup nedsjunken i leran och hela golvet var fullt med tomhylsor.

– De måste haft en fruktansvärd natt.

Josh nickade ner på den stora mängden av tomhylsor på bilens golv. Kurt såg förvirrat upp mot det sexpipiga monstret som fortfarande satt kvar i sitt fäste. Han pekade undrande på den och frågade:

– Varför lämnade de kvar den där? Kan den inte vara bra att ha under rådande omständigheter?

Jan klappade honom roat på axeln och drog upp en pil ur sitt koger. Han pekade menande på ett litet stycke bränt trä som satt mellan skären.

– Du måste ha en sådan här. Sotad ek, det är det bästa när det kommer till att dräpa troll. Du kan naturligtvis hugga huvudet av dem också men det är inte så lätt.

Jan sneglade bort mot Lisa innan han fortsatte:

– Även om en del får det att se lätt ut så är det inget jag kan rekommendera. Den där kulsprutan skulle bara reta upp skugglöparna. Jag lovar att är det något du inte ska göra så är det att reta upp ett troll. Han log överseende och lade till: De blir inte så roliga att ha att göra med då.

Spåren efter bilens passagerare fortsatte in i dalen. Lolu for i väg som en grå blixt längs vägen men kom då och då tillbaka. Hon gick alltid fram till Lisa och sökte kontakt innan hon försvann igen. Hundens näsa var deras bästa försvar mot att bli överrumplade av smygande skugglöpare. När solen stod som högst och ljuset silade ner genom det gröna lövtaket stannade de och gjorde ett litet läger. Kurt hade släppt alla tankar på att låtsas som om han visste vad han höll på med. Sydamerikansk skugglöpare var något han läst om men som han faktiskt inte hade en aning om vad det egentligen var.

– Hur ser de här skuggvarelserna ut och vad är det för sorts troll? Frågan ställde han rakt ut i luften men både Lisa och Josh vände sig mot Jan. Han funderade en liten stund innan han började berätta.

– De tillhör nattmarefamiljen och är de snabbaste av alla troll. Skugglöpare är besläktade med våra nordiska kärrtroll och amerikanska swampmonsters. Dem känner nog Josh till bättre än någon av oss. Det finns naturligtvis ett par sorter till inom den familjen men det är de här tre som orsakar de största problemen. Skugglöpare är ungefär en och en halv meter höga när de är fullvuxna och de är otroligt snabba. Deras livscykel är inte längre än runt tolv år. De är av reptiltyp precis som alla nattmaror. Deras skinn skiftar mellan grått och grönt och de är helt hårlösa. Till skillnad från kärrtroll är deras ögon riktigt stora. Något som gör att man genast känner igen en skugglöpare är att de har en rad spetsiga taggar uppe på huvudet. Egentligen har det långa taggar från huvudet och hela vägen ut till svansspetsen. Mellan taggarna på ryggen har de en sorts segel som de använder för att styra i höga farter. Det ser ungefär ut som ryggfenan på en vanlig abborre men den är inte röd som på fisken utan svart som en fladdermusvinge. Precis som övriga nattmaretroll går de på tå när marken tillåter men använder hela foten om det är mjukt eller lerigt. Det är två saker som är speciella med dessa odjur. Det första är att de är blixtsnabba. Springer de förbi dig hinner du inte se dem. Du kommer bara uppfatta dem som en hastigt förbisvepande skugga. Faktum är att deras muskler rör sig så snabbt att man hör när de är upphetsade. Då brummar de som om de svalt en liten motor. Deras kropp vibrerar så fort att konturerna suddas ut och de ser bara ut som en mörk fläck mot bakgrunden. Kom ihåg att de är troll och att de inte har något hjärta. Precis som med alla troll använder de samtliga muskler för att pumpa runt blodet. Det andra är att de likt många andra reptiler fångar sin mat med tungan. Den främre delen av deras tunga har utvecklats till en hullingförsedd spets. Ser du en mörk skugga framför dig som brummar är du i fara. Slutar den att brumma och du ser den tydligt är du i akut livsfara. Det är när de är stilla de förbereder sig för att spetsa dig.

Lyckas den träffa dig så att hullingen fastnar drar den in tungan och du följer med. Så fort du kommer i dess närhet hugger den dig med sina huggtänder. Det är med de övre huggtänderna som den tömmer sitt offer på blod. De är ihåliga och fungerar som stora sugrör. Faktum är att de oftast tömmer kroppen på alla vätskor. Det är därför det är så lätt att se om det är en skugglöpare som dödat någon. Tre hål i bröstkorgen men inte en droppe blod kvar.

Lisa hade hört den här historien förut och Josh hade faktiskt varit med och jagad dessa bestar tidigare. Kurt däremot som hörde historien om skugglöpare för första gången bleknade när han insåg vad det var för vidrigt odjur som Tom gett sig i kast med.

– Men om den bara är en och en halv meter lång borde det väl inte vara så svårt att döda den, frågade han med ett visst hopp i rösten.

Jan slängde en blick på Josh innan han svarade:

– Problemet är att de aldrig är ensamma. Ser du en kan du ge dig den på att det finns fler i närheten. Skugglöpare är lömska och snabba odjur som jagar i flock. För att få dig att förstå hur snabba de är så kan jag säga det så här. Skulle du skjuta en pil när en skugglöpare sprang bort från dig skulle pilen inte hinna ifatt. Det är därför de har det där seglet på ryggen. Jan log ett inåtvänt leende innan han fortsatte: en del trygga tror att de har vingar men det är nog bara ryggseglet som de sett.

Varken trolljägarna eller CIA-folket visste det men det var mindre än en kilometer mellan de båda jaktgruppernas läger inne i den täta djungeln. Ervin stod och fingrade på en mina som han väldigt gärna ville sätta ut på stigen. Det var en fyrkantig tingest och som på ena sidan hade texten "*den här sidan mot fienden*" för att även korkade soldater skulle klara av att sätta ut den. Joanne hade bestämt sagt nej till hans önskan att minera stigen.

– Vad tror du skulle hända om någon civil skulle råka springa på den?

Ervin hade inget bra svar på den frågan så nu stod han bara där och pillade med den livsfarliga tingesten. Plötsligt lyfte han på huvudet och lyssnade ut i natten.

– Vad är det som låter?

De övriga slutade slamra med sina bestick och lyssnade de också. Ett svagt brummande läte hördes långt inne i skogen. Ax lade huvudet på sned och lyssnade intensivt.

– Jag tror att det är en kompressor, han lyssnade vidare innan han fortsatte: Nej, det kan vara en drönare. Ni vet en sådan där radiostyrd flygfarkost.

Tyvärr var det allt som behövdes för att det skulle brista för Joe. Han skrek hjärtskärande och började springa i små cirklar.

– Inkommande flyg, inkommande flyg.

Plötsligt ryckte han åt sig kulsprutan och börja avfyra långa serier rakt ut i djungeln. I panisk desperation vrålade han som en besatt samtidigt som det tunga vapnet hoppade i hans famn. Dånet från kulsprutan fick i sin tur Ervin att tappa det lilla förstånd han för tillfället samlat ihop. Med minan framför sig sprang han rakt ut i skogen och försvann. Det tog ungefär en halv minut innan Joanne lyckas få stopp på Joe. Det ringde i hennes öron när vapnet äntligen tystnade.

– Vad tusan håller du på me… Längre kom hon inte innan en våldsam explosion skakade den lilla gläntan.

Ett bländande sken flämtade hastigt till i den riktning som Ervin försvunnit.

De tre som var kvar i lägret reste sig tveksamt. Hade den tokige matrosen lyckats med konststycket att spränga sig själv i luften? Joanne var den första som kom ur chocken och kastade sig ut i den gröna växtligheten. Sitt gevär hade hon tappat i tumultet så hon drog sitt stora svärd och hoppade in i buskagen. Lyckligtvis hann hon bara några meter innan hon möttes av en blek och synnerligen skakad Ervin. Han pekade in mot skogen med ett darrade finger och stammade:

– Dddden tog den. Ddet där brummande lljuudet tog den.

Han hade i vild panik sprungit rakt ut i skogen med minan framför bröstet efter att Joe hade börjat att skjuta. Efter mindre än hundra meter hade han hört det brummande ljudet över skottsalvorna. Skrämd och förvirrad hade han stannat till när brummandet plötsligt tystnat. Något hade skjutit ut ur skuggorna och ryckt minan ur hans händer.

I ena sekunden hade han haft den i sin ägo och i nästa var den borta. Han hade hunnit vända sig om och börjat springa tillbaka mot lägret när en våldsam explosion rev sönder buskaget bakom honom. Ervin hade genom ren tur inte bara lyckats överleva sitt första möte med en sydamerikansk skugglöpare, han hade faktiskt lyckats med konststycket att döda den. Det var bara det att odjuret var i tusentals småbitar så ingen någonsin skulle förstå att så faktiskt var fallet. Det kan lätt bli så när ett troll försöker tugga sönder en mina.

Lisa var den som först kom på fötter. Hon hade hört något konstigt, så när skogen plötsligt började dåna av skottsalvor var hon redan på fötter med bågen i handen. Runt deras lilla glänta fräste det som av ilskna getingar när kulorna visslade genom lövverket. Josh reagerade blixtsnabbt och med en klassisk hockeytackling fick han ner henne på marken igen.

– Ligg ner, väste han samtidigt som han tryckte sig mot henne. Det blev tyst en liten stund innan en kraftig knall avslutade det hela. Under tiden den vilda skottlossningen hade pågått hade trolljägargruppen legat tryckta mot den fuktiga marken. I tystnaden som uppstod lyfte Jan på huvudet och spanade in i den gröna undervegetationen.

– Vi får nog se till att hålla lite avstånd till de där tokstollarna. Kurt nickade instämmande men Lisa menade att de kanske skulle slå sig ihop med den andra gruppen.

– De kommer aldrig att klara sig här ute, förtydligade hon. Josh hade varit tyst under diskussionen men kunde inte göra annat än att hålla med Lisa. Han log plötsligt ett skevt leende innan han fortsatte:

– Sen vi får vara försiktiga. Man skulle nästan kunna tro att de är upplärda av ett par kinesiska systrar.

Jan skakade sakta på huvudet och muttrade surt för sig själv:

– Nej, hade de varit det hade vi förmodligen varit döda vid det här laget.

Ax saknades efter tumultet. Joanne hade först inte upptäckt att piloten saknades då hon hade två andra galningar att ta hand om. Joe satt mitt i deras läger och gungade fram och tillbaka samtidigt som han höll sina stora händer över öronen. Ervin stod bara och stirrade in i den gröna växtligheten som om han med en tyst vädjan försökte få tillbaka sin mina. Joanne var upphetsad och andades häftigt där hon stod. När hon stod där med det stora svärdet i handen, lätt framåtlutad och med det långa och blonda håret utslaget över den olivgröna uniformen kunde man mycket väl förstå hur hon fått sitt smeknamn. Hon stod tyst och stabil i en värld som verkade ha tappat fotfästet. Just då såg hon verkligen ut som en Titan.

Joanne var omgiven av dårar. Hon hade misstänkt det redan från början men nu hade det blivit uppenbart. Det var faktiskt inte bara uppenbart, det var helt klart riktigt farligt. Hon sparkade till Joe så att han kom tillbaka till den här världen. När han med en något yrvaken och förvirrad blick stirrade på henne pekade hon mot Ervin och väste:

– Ta med honom till lägret, jag måste hitta Ax.

Joe och Ervin packade villigt sina saker och började springa tillbaka mot bilen. Deras flackande blickar spanade längs stigens båda sidor. Trots detta missade de den lilla gruppen som låg dold inne bland buskarna. De passerade bara någon meter framför Lisa när de klampande rusade förbi. De var också för långt borta för att de skulle kunna höra brummandet av de odjur som höll till i djungelns täta snår.

Skuggor svepte fram genom undervegetationen samtidigt som de gav ett underligt brummande ljud ifrån sig. De vidriga varelserna rörde sig blixtsnabbt och de var på väg rakt mot bommen. Den enda som märkte någonting alls var Lolu. Hunden lyfte på huvudet och vädrade i vinden. Tveksamt och försiktigt sniffade hon innan hennes ena mungipa lyftes i en djup morrning.

7 Toms äventyr

Frustrerad över att Kurt varit så ovillig att hörsamma byråns vädjan hade han mitt i natten tagit sin packning och smugit sig ut. Han visste mycket väl att de inte var tränade för att jaga troll på egen hand men han hade en plan. Byrån hade skickat ut sin vädjan till alla möjliga länder och avdelningar så det skulle förmodligen komma massor av tränade trolljägare. Han hade naturligtvis tagit för givet att Jan och Lisa skulle dyka upp. Hon hade under deras senaste samtal klagat på att svarta skogen blivit alldeles för lugn. Om det nu var så att de inte hade några trollproblem i sitt område skulle de ju åka på ett sådant här uppdrag. Tom hade naturligtvis inte gett sig i väg för att han var ädel och ville hjälpa till. Han åkte för att han hoppades på att få träffa Lisa igen. Någonting inom honom verkade driva på för att han skulle ge sig i väg. Det var som om en liten röst inne i hans huvud ständigt viskade: Varför sitter du kvar här? Lisa väntar, åk, kom igen nu, åk. Hon finns där och vill att du ska komma.

Han hade i smyg plockat fram den rustning som rustmästare Zion försett honom med. Zion hade gjort den åt honom efter deras gemensamma äventyr i bergen ovanför skolan för vidsynta. Det hade varit för ett år sedan och den lille smedsdvärgen hade besökt Kurt och Tom ett flertal gånger sedan dess. Tom log när han tänkte på Zions ord: ”En riktig hjälte måste vara beredd på allt”. I hans pilkoger satt inte längre de vanliga långskaftade pilarna som han brukade bära med sig under drakjakterna. Zion hade försett honom med samma sorts pilar som trolljägare använde. De nya spetsarna hade ett utrymme mellan skären där en sotad liten ekkvist skulle sitta. Just nu hade han kvistarna i fickan, men han hade dem med sig. Jan hade berättat hur viktig den detaljen var när han skjutit det där fula kaspiska bergsätartrollet. Rustmästare Zion hade förvisso, minst hundra gånger, berättat om att det var han som dödade det trollet men Tom hade varit där och sett allt med egna ögon. Smedsdvärgen hade tillsammans med ett par tokiga drakjägare från Kina blåst en gigantisk lans genom trollet utan att det dött. Tom och Jan hade smugit upp bakom trollet och Jan hade skjutit en av sina långa pilar. Tom hade sett hur den fula besten reagerat när pilen träffade. Han kom ihåg hur Jan hade fnyst när han upptäckt det långa skaftet från draklansen som satt genom trollkadavret. Jans ord ekade genom hans huvud: ”Det är den sotade ekkvisten som gjorde jobbet inte någon tramsig lans”. Tom oroade sig lite för att han inte lyckats byta sitt svärd innan resan. Toms svärd hade en bredare klinga och var kraftigare vid parerstången än vad som var brukligt för en trolljägare. Dessutom saknade det den lilla, men ack så viktiga rombrutan framme vid spetsen. Det fanns helt enkelt ingen möjligt att fästa någon ekkvist i hans svärd.

Det hade varit oerhört förvånande för honom när han anlänt till det, av den mexikanska armén hastigt uppförda läget. Han var den enda från byrån som hörsammat kallelsen. Inte en enda trolljägare hade anlänt. En synnerligen stressad överste hade dragit in honom i det stora stabstältet och gång på gång slagit med handflatan på den uppslagna kartan.

– Här, titta här och gör en egen bedömning.

Ett litet område långt inne i dalgången hade ringats in med röd penna. Kartan visade inte minsta spår av bebyggelse i dalen men på bordet bredvid låg det flygbilder över området. På de gryniga förstoringarna kunde man se flera fyrkantiga skuggor som rimligtvis måste vara hus. Uppenbarligen bodde det människor i dalen.

– Det finns fortfarande människor kvar. Kan du rädda dem?

Översten hade tittat med förväntansfull blick på honom innan han ursäktande ryckte på axlarna.

– Jag kan inte få mina män att gå in i dalen. De hävdar att det är skuggorna som härskar där inne. Männen är vidskepliga och påstår att det här är dödsskuggornas dal eller rättare sagt Chupacabras dal. De känner till historierna om getsugaren och är ärligt talat livrädda.

Tom kände att han var tvungen att göra något. Han mindes Jans utläggning om hur troll avskydde starkt ljus och att de helst gömde sig under dagen. Han hade morskt nickat mot översten innan han gått till sitt tält för att byta om. I en klassisk trolljägarrustning hade han två timmar senare passerat ut genom bommen. Tom hade som alla riktiga trolljägare sitt svärd och sin båge, samt tre svärtade pilar i koger. Fötter och ben skyddades av långa drakskinnsstövlar. På överkroppen bar han en svart rock som också den var av drakskinn. Bröstet täcktes av två stora stålplattor. Det var det som han hade på huvudet som var lite annorlunda. Han bar nämligen en hjälm som såg mer ut som en gruvarbetares huvudbonad än en trolljägares. Tom hade monterat en mycket kraftfull lampa mitt uppe på hjälmen. Tom var ingen dumbom, även om han för tillfället var onödigt vårdslös med sitt liv. Lampan kunde mycket väl vara hans bästa vapen mot vad det nu var för något som väntade inne i skogen.

Soldaterna följde honom med blicken när han försvann in i djungeln. I deras ögon blandades både beundran och hån. De beundrade pojkens mod men hånade hans utrustning. Det var mer än en av soldaterna som tog av sig sin hjälm och gjorde korstecken när de såg honom gå. I deras ögon var det en död man som försvann in i grönskan utanför deras taggtrådshinder. Ingen skulle undkomma Chupacabras vrede om de vågade sig in i dödens dal. De skakade sorgset på sina huvuden när de senare talade om den unga mannen. Han hade verkligen varit modig. Naturligtvis även dumdristig, men just den saken sa de ingenting om.

Det hade på det hela taget varit en lugn första dag. Han hade gått på den leriga vägen som ganska snart förvandlades till en minst lika lerig stig. Snart var det så trångt att lövklädda grenar och stora ormbunksblad trängde sig på från båda håll. Stigen slingrade sig fram och det var omöjligt att se längre än någon meter framför sig. Över honom strilade solstrålarna ner genom det täta lövverket. Den ångande marken och höga luftfuktigheten gjorde det snart olidligt hett innanför den kraftigt bepansrade rocken. Han öppnade den och gick sedan vidare med rocken fladdrande runt benen. När skymningen närmade sig hade han med svärdets hjälp slagit upp en stor öppning så att han fick god sikt åt alla håll. Hans första tanke hade varit att göra en stor brasa mitt i öppningen och att den skulle lysa så starkt att inget troll skulle våga komma i närheten. Det fanns dock en liten svaghet med den planen. I en regnskog är det ganska svårt att göra en stor brasa. Allt är antingen blött eller totalt dyngsurt. Det fanns naturligtvis stora, torra löv och lite ris men inget som dög till en rejäl brasa. Han fick så småningom tänka om. Vad var det Jan hade sagt om troll och deras beteende? Det tog honom en liten stund innan han kom på det: Troll tyckte inte om starkt ljus och de är usla på att klättra. Tom var inte säker på om det gällde alla troll men hans möjligheter att göra upp eld var i det närmaste obefintliga. Planen fick helt enkelt ändras. Med försiktiga steg hade han vandrat in i den täta vegetationen för att hitta ett riktigt högt träd. Det gjorde inget om det var ett som det faktiskt gick att klättra i. När han slutligen hittade en lämplig kandidat suckade han lättat och tog ett första tag i en lågt hängande gren. När nått toppen av lövverket satte han sig i en hyggligt bekväm klyka och begrundade situationen. Han var alltså den enda från byrån som hörsammat kallelsen. Lisa var troligtvis fortfarande hemma i Sverige och visste förmodligen inte ens om att hon behövdes här nere. Han skulle inte ha försökt att överraska henne. Naturligtvis skulle han ringt och sagt att han skulle åka hit. Hade hon velat träffa honom igen så skulle hon väl också ha kommit, eller? Tom skakade uppgivet på huvudet, han visste inte. Lisa hade en förmåga att göra honom osäker. Varje gång han hade tänkt säga hur mycket hon betydde för honom hade han fegat ur. Han hade inte ens vågat säga att han älskade henne. Hur patetiskt var inte det? Världens mest underbara tjej ringde till honom varje dag och han vågade inte säga hur han kände. Med en suck såg han upp på

stjärnorna och följde hur de tändes en efter en. Såg stjärnorna likadana ut uppe i Sverige som de gjorde här?
Han spände fast sig i ett par grenar och lade sig så bekvämt han bara kunde. I den remsa av himlen som han kunde se vred sig natthimlen över honom. Drömmande fantiserade han om att Lisa såg samma stjärnor som han nu gjorde. När ett stjärnskott for över himlen mumlade han sömnigt:

– Med kärlek från mig till dig.

Under honom vaknade nattens djur till liv men de verkade dämpade och försiktiga. Det var bara ett spöklikt prasslande och tassande som hördes nere från marken. Tom rycktes ur sina behagliga drömmar och med sina sinnen på helspänn låg han och lyssnade för att försöka avgöra om det var något som var på väg upp längs stammen på hans träd. Fastspänd i den behagligt rundade klykan försökte han trots prasslet att slappna av. Det var dock en orolig ung man som klamrade sig fast uppe i trädet och det blev inte mycket till sömn den natten.

När gryningsljusets ljumma strålar övergått i dagens masugnsliknande värme började Tom göra sig klar. Han hade klättrat ner till marken och strängat sin båge. Han betraktades som en ganska skicklig bågskytt trots att han var en drakjägarlärling. De flesta drakjägare nu för tiden tränade i första hand med den klumpiga lufttryckskanonen. Det var en tingest som avlossade en lång lans ur ett bärbart rör med ett par lufttryckstankar i botten. Tom hade också tränat mycket med den men Kurt hade envisats med att han också skulle träna med sin kraftiga båge. Det hade han gjort och han hade med tiden blivit ganska duktig. Han var dock helt på det klara med att så skicklig som den gamla trolljägaren som han träffat förra året var han inte. När han sett Jan skjuta bergsrötan, det var vad de lite nonchalant kallade den kaspiska bergsätaren för, hade han förstått hur viktigt det var att kunna hantera den kraftiga jaktbågen. Även om han regelbundet tränat bågskytte innan dess hade han efter den händelsen verkligen ansträngt sig med sin träning. Nu var han en av de bästa bågskyttarna inom drakjägarskrået. Med bågen i handen hade han skyndat vidare längs den allt smalare stigen. Under större delen av dagen hade han dessutom låtit en pil ligga mot stocken. En på det hela taget händelselös dag följde då han med försiktiga steg vandrade allt djupare in i den överväxta dalen. Det var först sent på eftermiddagen han plötsligt frös till is och stannade för att lyssna. Ett knarrande ljud som han genast kände igen. Det var ljudet från en misskött pilbåge gjord i trä som spändes. Blixtsnabbt kastade han sig in i undervegetationen och drog reflexmässigt en egen pil ur kogret. Till skillnad från den främmande bågen var Toms tillverkad av karbonfiber och spändes helt ljudlöst. Den svärtade pilen låg på stocken och hans ögon letade bland buskarna efter den som spänt den främmande bågen. För att veta vad bågskytten siktade på var han tvungen att se honom. Tom blev inte så lite förvånad när en person som såg ut som en mayakrigare klev ut på stigen framför honom. Tom som alltid varit duktig på historia var väl insatt i hur de olika ursprungsfolken var indelade. Att det var en ättling till mayafolket som stod nerhukad på stigen framstod som tämligen klart. Den beväpnade krigaren hade små ädelstenar fäst på sina framtänder. Mannens lätt skelande ögon letade bland skuggorna efter det mål som han tidigare hört. Krigaren hade en färgglad bröstplatta och en huvudbonad som verkade vara gjord av en blandning av ben och metall. Hans ansikte var målad med ett brett svart streck som täckte ögonen och övre delen av hans näsa. Med tveksamma och väldigt långsamma rörelser ställde sig Tom upp samtidigt som han höll upp bågen i luften.

Pilen lät han ligga kvar mot stocken men han hade släppt av på strängen. Den främmande krigaren såg rörelsen inne bland skuggorna och vred sig blixtsnabbt. Innan han riktigt hann förstå vad han hade framför sig släppte främlingen strängen och lät pilen gå. Med en tung duns slog den in i bröstet på den unge mannen som med en förvånad min ramlade baklänges in i den täta växtligheten. Krigaren drog sin kniv och kastade sig in efter det fällda bytet. Han tvärstannade mitt i hugget när han insåg att det var en man som låg bland buskarna. Ett förfärligt ögonblick verkade han tro att den unge mannen var död. Det var med en känsla av både skuld och lättnad som han upptäckte att den konstigt klädda mannen fortfarande rörde sig. Tom kunde tacka rustmakarna i Andalusien för att han fortfarande levde och andades. En pil som sköts från en mayabåge skulle normalt döda vem som helst på det avståndet. Den pansarklädda drakskinnsrocken hade dock utan problem stoppat pilen men kraften i träffen hade kastat in Tom bland buskar och snår.

– Vad i hela friden håller du på med, kom det från både Tom och den främmande krigaren i kör.

Båda talade spanska utan problem så de förstod varandras språk men inte varandras handlingar. Tom kunde, av naturliga skäl inte förstå varför den främmande krigaren skjutit honom. Krigaren kunde å sin sida inte förstå vad i hela friden en ensam pojke gjorde ute i djungeln. Visste inte pojken att det var farligt här när skuggvarelserna var i farten? Krigaren satte ett finger för munnen för att visa att de skulle vara tysta. Han såg sig omkring en liten stund innan han sträckte ut en hand för att hjälpa Tom på fötter. Grymtande och mumlande gick han flera varv runt den förvirrade Tom. Då och då petade krigaren på Toms rustning och försökte förstå hur den lyckats stoppa pilen. Tom lät den mannen hållas en stund innan han slutligen tröttnade.

– När du är klar kanske vi ska ta oss tillbaka till ditt folk. Jag har kommit för att hjälpa er ut ur dalen.

Den främmande krigaren såg förvånat på honom.

– Varför då? Ingen europé har någonsin hjälpt mitt folk tidigare så varför vill du göra det? Varför tror du förresten att vi behöver hjälp?

Frågorna förvånade Tom då han tagit för givet att översten redan varit i kontakt med människorna som blivit fast inne i dalen. Något tafatt förklarade han att deras dal nu var i centrum för vad som verkade vara ett näste för, (han tvekade innan han fortsatte) troll. Han väntade på att den främmande krigaren skulle börja skratta men till hans förvåning nickade bara mannen instämmande.

– Vi kallar dem skuggor. De kommer inte härifrån förstår du. Det påstås att de dök upp för ett tiotal år sedan men det blev riktigt konstigt först för ett par månader sedan. Min stam har förlorat många krigare i våra försök att få kontakt med dem och nu är det bara jag och kvinnor och barn kvar.

Tom kunde se en konstig glimt av sorg och hopplöshet, eller möjligtvis galenskap blixtra till i den främmande krigarens ögon. De gick tillsammans längs den upptrampade stigen tillbaka mot byn. Krigaren hade med små gester beskrivit hur de försökt blidka skuggorna med både offer och böner. När de varit ute i skogen hade de alltid gjort det när det varit ljust. Krigaren hade med visst vemod berättat att de till en början klarat sig bra men att på senare tid hade skuggorna börjat jaga dem även under dagen. Det var då byn förlorat sina krigare. Han pekade på sig själv och sa, förmodligen mer till sig själv än till Tom.

– Det är jag som är den sista mayakrigaren.

Mot kvällen när de slutligen närmade sig byn öppnade djungeln upp sig. Små sädesfält och beteshagar låg som ett lapptäcke på bergssidan runt de väldigt små hyddorna. Tom upptäckte snart att byn var tom och en stank av död och förruttnelse låg som en tjock yllefilt i luften. Han sneglade mot hagarna och såg uppsvällda kroppar efter getter och får. Krigaren som hade presenterat sig som Örnöga såg vart Tom fäst blicken och förklarade att de inte vågat bränna kadavren. De överlevande byborna hade förskansat sig uppe i en dunge av höga träd och Örnöga hade förbjudit alla att lämna trädens kronor.

– Vi får ta hand om det där när vi lyckats få kontakt med skuggorna, fortsatte han. Tom nickade men drog försiktigt upp sin undertröja över mun och näsa. Han var inte säker på vad krigaren menade men att inte befinna sig nere på marken i onödan verkade som en god idé. Stanken var överväldigande och han ville verkligen inte kräkas när han träffade byborna. Byn låg förvisso väldigt vackert men det var nu en plats där döden härskade. I kanten av gläntan, på andra sidan av byn, stod en grupp med höga träd och de höjde sig över de övriga. Det var uppe i dem som de, enligt Örnöga sista släktingarna till det stolta mayafolket tagit skydd. Kvinnorna och barnen hälsade Tom med tveksamhet och försiktig nyfikenhet. De verkade förvisso vara tacksamma för att deras skydd nu fördubblats från en krigare till två, men undrade förmodligen samtidigt vad en ung pojke skulle kunna klara med bara en pilbåge. Det verkade som om kvinnorna viskade om just den saken. De hade förmodligen hoppats på att det skulle komma soldater till deras undsättning. Att Tom inte var en soldat verkade kvinnorna vara tämligen säkra på. Det är i ärlighetens namn väldigt sällan man ser soldater som använder pilbåge nu för tiden. De brukade i allmänhet vara beväpnade med gevär.

Örnöga och Tom hade under några dagar försökt hitta en säker väg ut ur dalen. De slutade och återvände till träden när skuggorna började röra sig i skogen även under dygnets ljusa timmar. Till sist hade Örnöga beslutat att de skulle försöka rida ut stormen uppe i sina trädhyddor.

Tom hade hatat varenda sekund av sysslolöshet som följde efter det beslutet. Han hade inte varit sen att hjälpa till var helst det behövts bara för att få tiden att gå. De brummande skuggvarelserna hade under tiden vågat sig allt närmare och när mörkret sänkte sig över dalen svepte de fram under hyddorna i jakt på något att tömma på blod. Tom hade redan när han sett skymten av den första av de vidriga små kräken insett att han inte var tränad för att ta hand om dessa på egen hand. Bara Jan hade varit här, tänkte han mer än en gång, och Lisa. Han saknade verkligen sina drömmars flicka. Naturligtvis tänkte han helt fel. Ingen vettig människa vill väl på riktigt att den de älskar ska komma till en plats där de skulle befinna sig i livsfara? Det var nämligen det Tom gjorde just nu, han befann sig i livsfara.

8 Sammanslagning

Hon letade länge efter Ax innan hon uppgivet satte sig på en liten sten. Med Joe och Ervin på väg tillbaka till lägret var det bara Ax som saknades. Joanne lyssnade noga ut i den täta grönskan innan hon hörde ett förtvivlat snyftande. Med tysta steg följde hon ljudet tills hon stod rakt under det. Spanande efter något tecken på att någon skulle finnas uppe i trädkronorna böjde hon huvudet bakåt och lyssnade igen. Ljudet kom högt uppifrån men hon såg inte någon människa. Ax måste befinna sig uppe i ett träd men hon vågade inte ropa. Muttrande och småsvärande började hon klättra. Hennes morfars svärd satt på ryggen så det var inte i vägen. Värre var det med stridsselen och den korta M4-karbinen som hängde vid hennes sida. Hennes stridssele med magasinsfickor på bröstet fastnade ständigt i avbrutna grenar och envisa kvistar. Den förbaskade bössan trasslade in sig så till den milda grad att hon till slut lät den hänga kvar. Hon fick plocka med sig den på vägen ner. Det tog en god stund innan hon hittade Ax i den täta trädkronan. Han satt bland trädets högsta och smalaste grenar och grät som ett litet barn. Han var pilot och varje gång han blev rädd eller, som i det här fallet, vettskrämd, sökte han sig så högt upp i luften som möjligt. Hon vågade nästan inte andas, det var nog 30 meter ner till marken och den ynkliga lilla grenen som Ax klamrat sig fast i klarade knappt av att bära hans vikt. Henne skulle den definitivt inte orka med. Med lugna rörelser och mjuka ord lockade hon honom bort från den gränslösa skräck som för tillfället hade honom i sitt grepp. Han hulkade och började långsamt att samla sig.

– Jag såg utomjordingen röra sig, snyftade han och torkade bort sina tårar. Det brummande ljudet kommer från de förskräckliga utomjordingarna.

Han skakade i hela kroppen som om han hade kramp när han tänkte på vad han hade sett. Joanne försökte lugna honom men hon vågade inte klättra upp bland de klena trädgrenar som Ax klamrade sig fast i.

– Kom nu, vi ska gå tillbaka till lägret. Det kommer att gå bra ska du se.

Hennes röst lät lugn och trygg i pilotens öron och drog honom sakta tillbaka till verkligheten. Han stirrade tomt på henne en lång stund innan det verkade som om han plötsligt upptäckte var de befann sig. Hans blick klarnade och han såg sig förvånat omkring ungefär som om han inte riktigt förstod vad han gjorde i toppen av ett träd. Långsamt och försiktigt hasade han sig närmare innan han hoppade den sista metern och klamrade sig fast i hennes famn. Hon kunde tacka sin lyckliga stjärna för att den ynkliga lilla klängranka som hon höll sig fast i inte knäcktes när Ax tog det sista skuttet. Hon strök honom tafatt över ryggen och tröstade honom. Det kändes nästan som om hon tröstade ett litet barn, ett riktigt fult barn, tänkte hon irriterat med en blick mot piloten. När de återigen stod med fötterna på den leriga stigen fick Joanne klart för sig att Ax kastat ifrån sig sina vapen i sin vilda flykt och att han nu var obeväpnad. Hon muttrade ilsket när hon tvingades att lämnade över sin M4-karbin och två magasin till honom. Hon ville verkligen inte bli av med vapnet men den före detta piloten vägrade att ta ett enda steg om han inte hade en möjlighet att försvara sig. När han väl fått karbinen i händerna klamrade han sig fast vid den som om det varit en livboj. Nu hade Joanne bara sin kniv och morfars gamla svärd kvar för egen del. Hon oroade sig dock inte för att hon i princip var försvarslös. De hade inte långt kvar till säkerheten. Det var fortfarande mitt på dagen och de skulle nog med lite tur hinna fram till lägret innan det blev mörkt. Hon fick helt enkelt förlita sig på turen. Tyvärr skulle den inte hålla i sig så värst länge till.

Jan reste sig upp från den nedtrampade lilla gläntan som hållit gruppen dold. Han såg efter de sista två som rusat förbi dem ute på stigen.

– Då så, det var nog alla. Det verkar som om de är på väg

tillbaka till lägret. Då kanske vi också skulle dra oss tillbaka. Kurt skakade långsamt på huvudet och sa eftertänksamt att han inte tänkte gå tillbaka, han tänkte fortsätta att leta.

– Pojken är ensam därute. Jag går inte tillbaka innan jag har hittat honom. Ni får gärna återvända till lägret men jag måste fortsätta.

Med ett bestämt uttryck i ansiktet rättade han till sin packning och började gå mot stigen. Lisa blängde på Jan en lång stund innan hon ilsket fräste:

– Du tänker alltså överge honom här ute? Även om du inte tycker att han är fin nog för ”din lilla flicka” så är han faktiskt en människa. Dessutom är han fin nog för mig. Gå tillbaka du men jag fortsätter.

Anklagelsen träffade Jan som ett piskrapp. Lisa skakade argt på huvudet innan hon drog på sig sin packning och följde efter Kurt. Josh hade länge suttit tyst men öppnade plötsligt munnen.

– Lägg ner tjafset. Båda två. Vi måste göra upp en plan innan vi ger oss in i det här. Du och drakjägaren har inte en aning om vad det är för varelser ni kommer att stöta på där ute. Vi vet vad som väntar.

Josh pekade först på Jan för att sedan peka mot sig själv. Kurt stannade ute på stigen men utan att vända sig om. Han stirrade ut i grönskan när han uppgivet svarade:

– Tom vet inte heller något om de faror som väntar men han är där ute någonstans. Ni kan inte begära att jag ska lämna honom utan att åtminstone göra ett försök att rädda honom.

I det bleka ljuset som silade ner genom trädens gröna lövverk såg Kurt nästan genomskinlig ut. Det var Jan som löste dödläget när han med trött röst sa:

– Josh och jag har störst chans att komma igenom. Ni ser till att de där, han pekade mot de flyende CIA-soldaterna, kommer i säkerhet så fortsätter vi efter Tom.

Nu var det Lisas tur att protestera.

– Ska vi dela upp gruppen? Du sa ju att vi inte hade någon chans mot de här odjuren. Hur ska ni två klara något som inte vi fyra skulle kunna lösa?

Jan ryckte på axlarna och lade huvudet lätt på sned. Med ett vemodigt litet leende sa han:

– Jag har inte sagt att vi kommer att klara det? Jag sa bara att det är vi som har störst möjlighet att komma fram till Tom. Ni tar hand om de där tokstollarna så letar Josh och jag vidare.

Den tidigare så ilsket anklagande lågan i Lisas blick slocknade och en antydan till oro syntes i dess ställe.

– Kommer ni att lyckas? viskade hon och oron hördes som en darrning i rösten.

Jan såg länge på sin älskade dotter innan han ryckte på axlarna.
– Vi ska i alla fall försöka, men jag vågar inte lova något.

Två timmar senare var Josh trött och hade börjat gnälla om att han ville ha en liten rast. Han och Jan hade förflyttat sig på det speciella sätt som bara trolljägare kan. Det är en sorts gungande och ljudlös löpstil som låter dem lägga många kilometer under fötterna utan att det tar allt för hårt på deras ork. Men nu var det ju en gång för alla så att jägarna i USA i huvudsak använde bil när de patrullerade. Josh hade inte Jans i det närmaste outtömliga uthållighet. Han började bli trött. Trött och lite gnällig. Med en medvetet ljudlig suck stannade Jan och krängde av sig sin packning.
– Då tar vi rast i tio minuter. Det är allt vi har råd med, sa han och satte sig på den fuktiga marken.
Josh suckade också ljudligt men inte av irritation utan av trötthet. Tio minuter var förvisso inte mycket men det var bättre än ingen rast alls. Han satte sig stönande och lutade sig mot en enorm trädstam. Det tog bara någon minut innan hans ljudliga snarkningar ekade genom skogen.

Lolu morrade och blängde in i skuggorna. Lisa reagerade som hon var tränad. Hon vek ena axeln så att ryggsäcken gled av samtidigt som hon drog sin båge ur väskan. Med en smidig rörelse strängade hon vapnet och drog tyst upp en pil. Hon visade med andra handen att Kurt skulle bevaka stigen och nickade omärkligt åt Lolu. Hunden for som ett grått streck in i de mörka skuggorna och började genast söka efter spår. Hunden stannade inte utan fortsatte att söka i allt större cirklar. För Lisa betydde det att det fanns vittring i luften men inga färska spår på marken. Hon vågade sig på att försiktigt smyga fram mot snåren vid stigens kant. Det första hon såg var en känga som stack fram under några ormbunksblad. Hon stannade och såg fundersamt på det ensamma skodonet. Var det bara en känga så var det inte så farligt, satt den på en fot så var det betydligt värre. Hon tvekade några sekunder innan hon fortsatte fram och lyfte på de fylliga ormbunksbladen.

– Tusan också, mumlade hon samtidigt som hennes ansikte ändrade färg. Hon tog ett par stapplande steg tillbaka innan hon krampaktigt böjde sig framåt och kräktes. När Lisa stod hulkande framåtlutat rusade Kurt upp till henne. En vettlös skräck spelade i hans blick när han närmade sig. Trots att det låg en väldigt död människa i buskarna blev han märkbart lättad när han såg att det var en känga och inte en stövel som satt på den döda mannens fot. Det var naturligtvis hemskt att en man förlorat livet men det var ändå en obeskrivlig lättnad att det inte var Tom. Det betydde att det fortfarande fanns hopp om att hans son var vid liv. Han räckte fram en något så när ren näsduk till Lisa. Hon log generat och tog tacksamt emot den när hon hostande och spottande lyckats få kontroll över sina kräkreflexer. Medan hon mumlade en ursäkt torkade hon sig om munnen och spottade en sur spottloska ut i buskarna. Kurt hade försiktigt lyft upp de stora bladen som täckte den döda mannens ansikte. Det behövdes egentligen inte för att förstå vem den döda mannen var. Han höll fortfarande en kulspruta i sina armar. Mitt i den ärmlösa gröna skjortan fanns tre svarta hål men inte en droppe blod. Kurt hade även han strängat sin båge och lagt en pil på stocken. Den här killen hade dött för mindre än två timmar sedan så skugglöparna fanns förmodligen fortfarande i närheten. Lisa såg frågande mot honom men han tvekade, det här var utanför hans utbildningsområde. Han ryckte bara på axlarna och viskade tillbaka:

– Vad tycker du att vi ska göra nu?

– Vi har fortfarande tre i livet framför oss. Vi får försöka att komma ifatt dem innan de slutar på samma sätt, viskade hon till svar.

Med en låg vissling kallade hon in Lolu för att genast skicka ut hunden på stigen framför dem igen. Hon började på det klassiska trolljägarviset springa i riktning mot lägret och tryggheten. Bakom henne hördes klafsande steg när Kurt gjorde sitt bästa för att hänga med. Hon hoppades innerligt att hon skulle slippa hitta någon mer av CIA-soldaterna i samma skick längs vägen. Hennes förhoppningar gick i kras efter bara ett par hundra meter. Återigen var det Lolu som visade vägen till den hemska upptäckten. En mager gestalt i en blandning av amerikanska arméns och flottans uniformer låg på rygg och stirrade med tom blick upp mot trädkronorna. Även han hade tre svarta hål i bröstet men inte heller här fanns det en enda droppe blod. För andra gången inom några minuter kastades Kurt mellan hopp och förtvivlan. Den döda var inte Tom den här gången heller, men om rutinerade soldater från ett specialförband råkade så här illa ut, hur i hela friden skulle då hans otränade pojke klara sig?

Han hade fel i det där om att Tom skulle vara otränad, det var han inte, han var synnerligen vältränad. Tom var bara inte tränad i att ha med blodsugande skugglöpare att göra.

– Jag tar gärna hand om vilken eldsprutande ödla som helst bara jag slipper att handskas med sådana här vidriga kryp, mumlade han för sig själv.

Fördelen med att jaga drakar var att de var så stora att de i allmänhet hade svårt att smyga sig på en obemärkt. De här vidriga bestarna kunde döda människor och sedan försvinna spårlöst. Att man dessutom tvingades leta efter dem i en så här tät djungel gjorde inte saken bättre. De vedervärdiga odjuren kunde gömma sig var som helst. Det kunde lura en skugglöpare under nästa buske utan att man märkte det. En drake kunde svårligen gömma

sig på det viset.
Lisa fick återigen vissla in hunden innan de springande fortsatte mot lägret.

I skymningen stannade de och spanade ut över den öde platsen. Jan och Josh hade lyckats ta sig hela vägen till den by som hade varit Toms mål. En by som inte fanns med på några kartor.

– Det här är typiskt för Mexiko. En bosättning mitt ute i ödemarken men som inte finns med på en enda karta, muttrade Josh.

Jan sniffade i luften som en gammal blodhund innan han viskade:

– Det här är en farlig plats. Det ligger en lukt av död och förruttnelse i luften. Jag tror att något allvarlig har hänt i den här byn.

Med försiktiga steg smög de vidare in mot byns mitt. I det tilltagande mörkret såg de inte de uppsvällda djurkropparna som låg utspridda på fälten. Jan lyfte försiktigt sin ena hand och gjorde tecknet för halt. Viskande förklarade han att de inte borde fortsätta genom byn nu när det började bli mörkt.

– Vi går tillbaka och klättrar upp i ett högt träd, väste han genom ena mungipan.

Josh pekade då tvärs över den lilla gläntan i vilken byn låg.

– De högsta träden verkar stå där borta.

Han visade mot en grupp träd som visade sig i siluett mot den grå himlen. Jan nickade till svar och med laddade bågar smög de båda trolljägarna vidare genom den ödelagda lilla bosättningen. Som en tyst dimma gled de in under de stora träden och väntade. Ett knarrande läte ovanför deras huvuden fick dem att stelna till ett ögonblick innan de vände sig mot ljudet. Precis då dundrade en pil in i axeln på Josh och splittrades mot rustningens stålplatta. Han tog ett par stapplade steg bakåt men hade sinnesnärvaro nog att inte skjuta tillbaka.

– Sluta skjuta. Vi är här för att hjälpa till, ropade Jan rakt ut i luften utan att förvänta sig något svar.

Han blev synnerligen förvånad när en märklig varelse svarade uppifrån träden.

– Men vid Chac, vad i hela fridens namn är det som händer här? (För den som undrar så var Chac mayafolkets åskgud men som också tillbads om man ville att det skulle regna). Varför är ni ute och vandrar i skogen när det är mörkt, och hur kommer det sig att ni fortfarande är vid liv?

Frågan kom liksom den tidigare pilen uppifrån det träd som de båda jägarna först tänkt sig att klättra upp i. Jan som var van vid att förhålla sig till alternativ sanning svarade att de var jägare. Nästa fråga ställde honom då den var rakt på sak.

– Tänker ni jaga skuggvarelserna?

Innan Jan hann svara rullades en repstege ner från trädet och den barska rösten sa åt dem att klättra upp.

– Skynda på innan ni blir tömda på blod, våra gäster brukar vara törstiga vid den här tiden på dygnet.

Det var två något förvånade jägare som med smidiga rörelser snabbt klättrade upp längs den fladdriga repstegen. Den främmande vildmannen drog upp stegen så snart de var i säkerhet. Han bad mumlande om ursäkt för sitt obetänkta skott men det var inte så vanligt med folk nere på marken just nu. Speciellt inte efter mörkrets inbrott. När stegen låg i en prydlig hög vände han sig mot sina besökare och insåg att han behövde titta upp för att se dem i ögonen. Rackarns så stora de är, var den första tanke som slog honom. Jan hade sett sig lite om under tiden som deras värd slitit med stegen. Det fanns en hel liten by uppe bland trädkronorna. Ett par små hyddor vid varje träd vilka sedan var sammanbundna med rep och gångbroar. Den svartmålade krigaren sträckte upp en hand i luften och hälsade de båda männen välkomna. Återigen frågade han om de kommit för att jaga skuggvarelserna. Jan harklade sig och tänkte efter innan han svarade:

– Nej, vi är här för att hitta en ung man. Han är ljushårig och bär samma typ av utrustning som vi. Har du möjligen sett honom?

Den svartmålade såg både lättad och smått generad ut när han svarade:

– Jag råkade oturligt nog skjuta den unge mannen mitt i bröstet. Det var när jag försökte komma i kontakt med skuggorna, förklarade han tvekande. Josh var den första som hämtade sig.

– Dog han? frågan lät nästan som en flämtning.

Den svartmålade flinade som en fåne när han förklarade:

– Nej, sådana som går klädda som ni går ju inte att döda. Ni måste ha slutit ett avtal med Al Puch för att få evigt liv. (Bara en liten förklaring till, Al Puch var den av mayafolkets gudar som härskade över dödsriket och om man slöt avtal med honom kunde man bli odödlig). Med en nonchalant viftning över axeln pekade han mot den närmaste kojan.

– Pojken sover därinne.

Joanne var blek av anspänning när hon med morfars svärd i handen föste Ax framför sig. Det brummade runt dem och ute i undervegetationens täta lövverk fräste och knakade det. Ax var vit i ansiktet och hans ögon rullade som på en galen ko. Genom den täta vegetationen såg de ljuset från lägrets strålkastare sila fram mellan träden. Joanne hoppades innerligt att utomjordingarna skulle återvända in i djungeln och inte fortsätta att jaga dem. Räddningen var så nära men ändå så hopplöst långt borta. Joanne var ingen dumbom, hon hade förstått att deras båda kollegor gått förlorade någonstans längs vägen. De båda soldaterna skulle aldrig komma fram till lägret. Hon hade kanske inga direkta bevis men spåren efter dem hade upphört när de hade ungefär fem kilometer kvar till lägrets trygghet. Hon gjorde sig inga illusioner om vad som väntade längre fram. De hade varit fyra när de gav sig av men nu var hon helt säker på att det bara var hon och Ax som var kvar i livet. Det var inte särskilt sannolikt att någon av dem skulle leva tillräckligt länge för att få se solen gå upp någon mer gång. Det här kunde mycket väl vara slutet för dem alla. Joanne kände hur uppgivenheten fyllde hennes bröst. Det enda som höll hennes mod upp var morfars svärd. På något konstigt vis kändes det som en trygghet i en i övrigt vansinnig värld. Ljudet från varelserna hördes runt dem men trots det vägrade hon att ge upp. Långsamt och metodiskt föste hon Ax närmare ljuset och varje gång det fräste till inne bland buskarna vred hon sig så att han hamnade bakom henne. Slutet på deras gemensamma resa kom plötsligt och även om hon var på helspänn så blev hon överraskad. Något brummade som en trasig kompressor bakom henne och hon svängde runt med svärdet redo. Det fortsatte att prassla bland de storbladiga buskarna men hon såg ingenting. Det var bara en och annan gren som då och då gungade till. Plötsligt kved Ax ynkligt och pekade ut mot den täta grönskan.

– Den där saken tog mitt gevär. Jag vill ha tillbaka det.

Han lät som ett litet barn som precis blivit av med sin favoritleksak. Med ett darrande finger pekade han på något bakom henne. Hon vände sig tveksamt om och stelnade till. På ett ögonblick förstod hon att de inte skulle komma längre. Mitt på stigen som ledde till säkerheten stod en gråaktig liten läderartad varelse och försökte få ut en M4 karbin ur munnen. Hon fick en overklig känsla av att hon tittade på en extremt ful hund som gnagde på ett tuggben. Den ohyggliga varelsen stirrade på dem med stora svarta ögon samtidigt som den på något sätt lyckades få ut det söndertuggade vapnet ur munnen. Osäkert höjde hon sin morfars gamla svärd för att försöka försvara sig så gott hon kunde. Att deras chanser att överleva hade gått från låga till noll var hon helt på det klara med.

Varelsen väste och visade tänderna och förberedde sig för att anfalla. Joanne sträckte osäkert ut svärdet framför sig men stannade sedan till. Hon visste helt enkelt inte vad hon skulle göra. Det var i exakt det ögonblicket som Joanne hörde ett egendomligt ljud. Det lät som om någon slagit på en gitarrsträng för att sedan tysta den genom att hålla kvar handen. Något ven förbi hennes huvud och fick hennes blonda lockar att fladdra. Den vidriga besten framför dem hickade överraskat till och drog sedan ihop sig till en stenliknande boll. Ax såg sin chans och sprang. Han knuffade ut Joanne i buskarna och lämnade henne bakom sig. Den fega lilla räkan sprang för sitt liv utan att för en sekund bry sig om hur det gick för den kvinna som upprepade gånger räddat honom. Joanne trasslade in sig i undervegetationen och hann inte med. Hon tänkte först följa efter Ax men hennes stridssele satt hopplöst fast i taggiga rankor. Då det började knaka och braka på båda sidor om stigen stannade hon upp och såg sig förtvivlat om. Med fumliga fingrar knäppte hon upp spännet och kravlade sig upp på fötter. I ögonvrån såg hon något blänkande inne bland buskarna och reagerade utan att tänka. Joanne slog ut med morfars svärd mot det nya hotet. Hon svingade svärdet i vild panik och med full kraft. I hennes huvud ekade morfars ord, ”använd det rätt och det kan rädda ditt liv”. Problemet var bara det att hon aldrig tränat på att använda svärd.

Det var när de såg de första glimtarna av strålkastarljus genom lövverket som Lolu morrande ställde sig som en staty mitt på stigen. Lisa förflyttade sig raskt upp bredvid hunden för att se vad som stod på. Det tydliga brummandet från upphetsade skugglöpare hördes lite här och var inne bland träden. Hon tassade försiktigt fram till kröken och stannade tvärt. Lisa hade aldrig sett en sydamerikansk skugglöpare förut. Hon var dock ganska säker på att den märkliga varelsen som stod mitt på stigen och som av någon anledning tuggade på ett gevär var en sådan. Hon höjde lugnt bågen och siktade bara för att upptäcka att dumskallarna som de försökte rädda stod placerade mitt emellan Lisa och trollet. Hon väntade för att få till ett säkert skott men då den fula besten spottade ut geväret blev hon tvungen att agera. Snabbt drog hon strängen hela vägen till örat och släppte. Pilen ven förbi den blonda kvinnans huvud med några centimeter till godo. Lisa grimaserade och tänkte att det kanske varit onödigt nära men flinade sedan till när hon såg att trollet drog ihop sig. Pilen hade träffat där den skulle. Snabbt slängde hon pilbågen över axeln och drog sina båda klingor. Ljudlöst satte hon fart mot de båda militärerna. Kurt tog Lisas tidigare plats och bevakade stigen med bågen höjd ifall något mer odjur skulle dyka upp. En viss trygghet fann han i att den stora hunden stod bredvid honom. Lisa flöt som vatten genom de täta buskagen och såg hela tiden till att hålla sig mellan den närmaste brummaren och de båda CIA-soldaterna. Hon visste inte om hon var tillräckligt duktig för att klara av en skugglöpare med sina svärd men hon var helt säker på att hon hade betydligt större chans än någon av de båda soldaterna. Till Lisas förvåning rusade plötsligt mannen i väg och lämnade sin kollega bakom sig. En av de brummande bestarna riktade in sig på soldaten som stod kvar och svischade förbi Lisa. Hon vred sig och sköt ut sitt stora svärd så att det stäcktes ut som en flygplansvinge.

Det ryckte till i klingan när trollet sprang rakt in i det. Ett fult huvud fullt med taggar hoppade upp ur grönskan innan det skuttande försvann igen. Resten av trollkadavret rullade ihop sig och for vidare genom buskarna likt ett illaluktande bowlingklot. Med ett bistert leende ökade hon farten för att hinna fram innan nästa odjur nådde den ensamma soldaten.

Lisa skulle precis ge sig till känna när kvinnan plötsligt högg efter henne med ett svärd. Hon såg den blanka klingan komma farande mot sig och reagerade instinktivt.

Joannes kände kraften av träffen ända upp i axeln. Hon hade förvisso slagit i panik men också lagt hela sin vikt bakom hugget. Klangen när stål mötte stål förvirrade henne och när nästa hugg slog svärdet ur hennes hand blev hon som förlamad. Joanne hade tappat sitt sista vapen och förstod att hon nu skulle dö. Det som sedan hände gjorde henne om möjligt ännu mer förvirrad. Någon form av krigarprinsessa i glittrande rustning och gyllene krona kastade sig ut ur buskarna. Den främmande flickan fräste ilsket åt henne.

– Förbered dig för tusan, det finns fler odjur där ute. Ta upp svärdet och följ mig.

Med fumliga händer krafsade hon åt sig morfars svärd och stapplade vidare mot strålkastarnas sken. Snett framför henne gick en gyllene flicka som gnistrade som en stor ädelsten och när hon vred på huvudet såg hon att en svartklädd man med en pilbåge tassade bakom dem och på ett mycket professionellt sätt täckte deras reträtt. Det susade i huvudet på henne och hon förstod ingenting. Befann hon sig fortfarande på jorden eller hade hon plötsligt blivit förflyttad till någon främmande planet? Hon samlade sig som hastigast och ökade farten för att inte komma för långt efter den unga krigarprinsessan.

Vid bommen stod två mexikanska soldater och rökte. De avskydde nattskiftet.

– Tror du på tramset om utomjordingar? frågade den ena.

Hans kollega öppnade munnen men hann inte svara innan något hände borta vid skogskanten. Båda bleknade märkbart och lyssnade när det plötsligt började braka ute i djungeln. Soldat nummer två flackade oroligt med blicken mellan sin kamrat och djungeln innan han svarade på den tidigare frågan.

– Nej, några utomjordingar tror jag inte att det är. Jag tror att det är…

Längre kom han inte innan en av de amerikanska specialisterna kom rusande ut ur skogen. Ljuset speglades i hans vilt uppspärrade ögon när han med andan i halsen tumlade ner vid soldaternas fötter. Utan att veta om det fyllde Ax i svaret från soldat nummer två när han dreglande och flämtande och med rullande ögon pekade ut i mörkret och väste:

– Chupacabras, Chupacabras.

Soldat nummer ett ändrade nu färg från blek till genomskinligt vit när han stammande såg på sin kamrat och frågade:

– Sa han…

Han tystnade och började hyperventilera av skräck innan han fortsatte:

– Sa han Chubacabra?

Kamraten drog tillbaka slutstycket till den tunga kulsprutan och svarade med en förvånansvärt lugn röst:

– Nej han sa inte Chupacabra. Han sa det med ett s i slutet. Med andra ord är det flera odjur, inte bara ett.

Hade soldat nummer två inte lyckats behålla sitt lugn hade han förmodligen av ren förvåning tryck in avtryckaren när det kom ytterligare tre människor längs stigen. Den första mannen hade kommit som en panikslagen flykting. De här kom i grupp och verkade lugna och samlade. Nummer två spottade ut sin fimp och nickade eftertänksamt mot skogen.

– Det känns faktiskt bättre när jag ser de där. Med tanke på deras klädsel är de förmodligen skvatt galna men de verkar åtminstone veta vad de håller på med.

I det starka strålkastarskenet bländades soldaterna av reflexerna i den ena soldatens rustning. Soldat nummer ett lyfte upp bommen och kunde inte låta bli att göra honnör när den unga kvinnan i vitt och guld gick förbi. Hon rörde sig som en katt. Han rättade sig, nej inte en katt, något betydligt farligare. Kvinnan rörde sig som en panter. På huvudet bar den självsäkra unga kvinnan ett pannband av metall med tre metalltungor som låg över hennes hår. Den längsta fortsatte ner över hennes näsa. Hans hjärna skenade vilt i den ytterst overkliga situationen men sedan fick hans fantasi övertaget och presenterade en acceptabel förklaring. Han stirrade först mållös efter flickan innan han hest viskade för sig själv:

– Catwoman, det är ju för tusan Catwoman.

Soldat nummer två hade inte för en sekund försökt hitta en naturlig förklaring utan hade omgående gett upp och kastat sig in i fantasins vilda värld. Nu väste han till sin muttrande kollega:

– Wonder Woman, såg du?

De båda soldaternas vilda fantasi hade lyckats presentera två helt olika versioner av vad de just bevittnat. Båda två hade naturligtvis helt fel men ingen av dem var beredd att ge sig. De skulle envist och med visst våld försöka övertyga varandra om vad det var de faktiskt hade sett.

Tom var inte säker på om han drömde eller var vaken när han öppnade ögonen och såg Jan stå lutad över sig. Han hade vid så många tillfällen under den här resan önskat att den gamla trolljägaren varit med och nu stod han plötsligt bara där.

– Hur är det med dig grabben? frågade Jan.

Tom blinkade förvirrat och mumlade ett något överraskat:

– Jodå, ganska bra faktiskt. Jag var tvungen att stanna här för att hjälpa Örnöga.

Jan såg forskande på den unge lärlingen.

– Är du verkligen oskadd? Du har inte blivit biten av någon konstig insekt eller något sådant?

Han hade inte klart för sig att den figur de tidigare mött kallade sig Örnöga, så han trodde för en stund att Tom yrade. Ganska snart redde det hela ut sig och de fyra männen satte sig i en liten ring för att diskutera den uppkomna situationen. Örnöga verkade inte vara särskilt bekväm med att det kommit ytterligare förstärkning till hans lilla trädby. Hans fråga var både uppenbar och självklar.

– Är ni här för att hjälpa mitt folk att ta sig ut ur dalen?

Jan sneglade på Josh, som mumlade att de nog var tvungna att försöka, innan han svarade genom att sträcka fram handen. Med ett handslag bekräftade han att de nu skulle förstärka byn och försöka hjälpa till där det behövdes. Örnöga vände bort ansiktet och väste något ohörbart innan han reste sig och tassade ut.

I dalens andra ände satt två unga kvinnor och en man och diskuterade. Joanne blängde på de båda jägarna. Det fanns tvivel i hennes ögon när hon synade de båda i rustning. Hon fingrade förstrött på sin mörbultade arm.

– Vi tar frågan en gång till. Vem är du och vem jobbar du för?

Frågan den unga kvinnan i vit rustning ställde kom som ett piskrapp. Joanne blev arg och svarade därför på samma sätt.

– Det har ni inte med att göra. Vem i helsike jobbar ni själva för förresten? Är det ryssarna?

Den unga kvinnan i vitt fräste som en ilsken vildkatt:

– Skit i det du, jag frågade först.

– Då är det bäst att du svarar först också, fräste Joanne tillbaka.

Det hela höll snabbt på att spåra ur. Kurt som egentligen inte ville bli inblandad höjde sina händer och röt:

– Lugna ner er båda två. Vi har inget med några ryssar att göra. Vi båda jobbar för Byrån för ovanliga händelser. Det är en organisation som jag betvivlar att du någonsin hört talas om. Min son har försvunnit inne i dalen och jag bad några kollegor om hjälp för att hitta honom.

Joanne blängde surt på Lisa innan hon vände blicken mot Kurt och svarade:

– Vi tillhör CIA:s avdelning för paranormal aktivitet.

Lisa fnös föraktfullt och skakade på huvudet när hon hörde svaret.
– Paranormal aktivitet, vilket trams.
Joannes ögon brann av ilska när hon åter vände sig mot Lisa och hon kunde helt enkelt inte hålla sig.
– Vet du vad? Du är en jobbig liten skitunge. Vill du kanske lägga kraft bakom dina stöddiga ord?
Lisa rodnade av den uppenbara förolämpningen och slog ut armarna när hon svarade:
– Gärna, kom med ett förslag.
Joanne pekade först på Lisas båda svärd och sedan på sin morfars.
– Välj ett av dina svärd så tar vi och dansar lite.
Hon var förvisso ingen expert på svärdsfäktning men hon hade övat en del med det gamla svärdet. Att hon skulle vara bättre än flickungen i glitterstassen var hon helt säker på.
Kurt höjde sina händer och började protestera men stängde snabbt munnen. Båda kvinnorna hade samtidigt, och för en gång skull helt enigt fräst åt honom att hålla tyst. Han tog ett snabbt steg tillbaka och skakade på huvudet åt galenskapen.

Snart stod de båda kvinnorna vända mot varandra i en cirkel av strålkastarljus. Lisa hade valt sin stora klinga men trots det var hennes vapen något kortare än Joannes. När ljudet av metall som mötte metall ekade genom lägret strömmade det snabbt till en allt större publik. Joanne högg uppifrån, snett ner från höger till vänster. Lisa mötte hennes hugg med en rak klinga så att det stoppades tvärt. Hon lät den blonda kvinnan anfalla och nöjde sig med att parera.

Soldaterna pekade och ropade då och då uppmuntrade ord till de båda kämparna. De flesta var nog övertygade om att den större och starkare av de båda kvinnorna skulle vinna kampen. Pengar bytte diskret händer när man slog vad om hur striden skulle sluta.

Den ilska som tidigare funnits i Lisa hade till viss del runnit av och hade nu ersatts av ett samlat lugn. Den mystiska kvinnan var stark och slog hårt men var alldeles för långsam i sina rörelser. Lisa kunde tydligt se att hon inte var tränad för svärdskamp. Det störde henne lite att hon inte visste vem människan var. När hon fortsatte att parera Joannes hugg funderade hon på hur det kunde komma sig att någon som inte tillhörde byrån kunde äga ett riktigt trolljägarsvärd. Uppenbarligen var hon ju ingen trolljägare och hon verkade knappt veta vilken ände av svärdet som man skulle hålla i.

Lisa duckade som i förbifarten under ett ljungande hugg innan hon gjorde sitt första och enda anfall. Hon lät motståndarens svärd svepa tätt över huvudet innan hon snabbt som en huggande kobra lyfte sin klinga och slog mot baksidan av Joannes svärd. Hade det varit ett träningspass med Jan hade hon vridit klingan och utdelat ett kort hugg mot handleden. Nu höll hon inne med det slaget. Den här kvinnan hade förmodligen ingen drakskinnsrustning. För att hennes motståndare inte skulle förlora en hand fick ett slag mot parerstången duga. Det stora svärdet slogs ur Joannes hand och for sjungande i väg mot ringen av soldater. Med en dov duns satte det sig mellan fötterna på en av soldaterna. Mannen som nästan blivit av med sin manlighet stirrade först på de båda kvinnorna som nu stod helt stilla. Sedan sänkte han blicken och såg svärdet som darrade mellan hans ben. Han var inte så lite blek om nosen när han åter lyfte blicken och såg mot kvinnorna.

Joanne förstod inte vad det var som hade hänt. I ena sekunden hade hon allt under kontroll och anföll för fullt.
I nästa sekund saknade hon vapen och hade en svärdsspets mot sitt bröst. Lisa frågade med tillkämpat lugn:
– Vem är du som bär en trolljägares svärd utan att vara en trolljägare?
I Joannes huvud snurrade plötsligt morfars berättelser och hon kände sig yr. Hur många gånger hade han inte försökt lura i henne att han var en trolljägare. Hade han alltså berättat sanningen för henne? Kunde det finnas riktiga trolljägare och hade morfar varit en av dem?

Något brast inom Joanne. Hon hade under årens lopp blivit alltmer övertygad om att morfar varit galen men nu kanske det skulle visa sig att allt han sagt varit sant. Lisa förstod ingenting när den tidigare så arga kvinnan började snyfta. Innan soldaterna runt dem såg kvinnans tårar tog Lisa bort sitt svärd. Hon hämtade Joannes vapen som fortfarande satt mellan den darrande soldatens ben och pekade mot tältet. Det var när de för andra gången satte sig ner i det runda tältet som Joanne berättade sin historia. Allt från sin barndom och om morfar ända fram till de händelser som gjort att de nu satt där de satt. Kurt lade en hand på hennes axel och berättade den tråkiga nyheten att två av hennes kollegor låg döda inne i dalen. Joanne stirrade länge in i elden innan hon svarade:

– Mentalt var de nog döda långt innan vi kom hit. De hade bara inte slutat röra sig förrän i dag.

De båda jägarna såg på henne och verkade förstå precis vad hon menade. Lisa kliade sig lite tankspritt bakom örat innan hon med låg röst sa:

– Jag tror nog att det blir bäst om vi samarbetar. Vi vill hitta och rädda en av de våra men har ingen vettig information om hur dalen ser ut. Du har information men saknar kunskapen om vad det är som rör sig inne i skogen. Vad säger du om att slå dig ihop med oss?

Hon sträckte fram handen och väntade. Joanne log lättat, hon hade haft exakt samma tanke.

– Överenskommet, om vi hjälps åt kanske vi kan lösa det här.

Utan att de båda grupperna visste om det slog de sig samman i exakt samma sekund. Kanske var det ödet som förde dem samman? Jan och hans grupp slog sig ihop med Mayafolket och Lisa jobbade tillsammans med CIA:s folk. Joanne hade blivit alltmer fundersam då hennes nya bundsförvanter inte var utrustade som soldater. En liten krumelur på Lisas dräkt väckte hennes nyfikenhet.

– Vad betyder den där krokiga symbolen?

Lisa såg först ner mot sitt bröst för att sedan le. Hon sträckte in sin hand innanför jackans linning och drog fram ett läderband där en liknande symbol hängde.

– Ska du jobba med oss kanske det kanske är lika bra att du har en sådan här.

Hon slängde halsbandet i Joannes knä och nickade leende mot smycket som för att uppmuntra kvinnan att ta det. Tom fyllde i det som behövdes för att Joanne skulle förstå.

– Det är ett trollkors. Alla jägare inom byrån bär den symbolen. Det är byrån för ovanliga händelsers symbol.

Joanne såg med förundran på den rundade symbolen. Halsbandet bestod bara ett läderband med en krokig järnbit men hon kände det som om hon precis fått den största av gåvor.

Nu jobbade Byrån för ovanliga händelser, CIA:s avdelning för paranormal aktivitet och mayafolkets sista krigare tillsammans. Inte kunde väl något gå fel då?

9 Insikt

Nattens sammetssvarta himmel började ge vika för det första grå gryningsljuset i horisonten. Bland trädhyddorna jobbade alla med att göra den lilla byns invånare resklara. Det hade uppstått en kort dispyt mellan Jan och Örnöga. Krigaren ville helst inte att byn skulle överges. Han påstod att han ännu inte hade lyckats med sitt uppdrag. Något han helt och hållet valde att utelämna var vad hans påstådda uppdrag gick ut på. Jan stod långt ute på en grov gren och spanade ut i den mörka djungeln. Nattens ljud började bli färre och en och annan daglevande varelse med tidiga vanor började pipa bland buskarna. De första djur som gav sig tillkänna var fåglarna. Jan var liksom de flesta trolljägare van vid att jobba om natten så han kände mer samhörighet med de djur som nu gick och la sig än med dem som just hade vaknat. Han sträckte på sig så att det knakade innan han spände hakremmen som höll den extremt fula hjälmen kvar på hans huvud. Den svarta kammen av spetsiga piggar som sträckte sig från nässkyddet ända bak till nackskyddet blänkte av fukt i morgonljuset. Grenen under honom gungade lätt när Tom kom och ställde sig bredvid honom.

– Ser du något?

Frågan var ställd som en artighet snarare än som en riktig fråga.

Marken under dem var fortfarande svart som tjära då det bleka ljuset ännu inte orkade tränga ner genom det täta lövverket. Jan skakade bara på huvudet till svar. Tom tystnade en lång stund som om han inte riktigt visste hur han skulle fortsätta. Slutligen tog han ett djupt andetag och suckade.

– Är han sur?

Han tänkte på sin pappa.

Tom hade åkt till Mexiko mot Kurts vilja och dessutom utan att säga vart han tagit vägen. Det var en orolig ung man som stod bakom Jan på den gungande grenen. Jan log för sig själv när han fundersamt studerade mörkret nere på marken. Han skakade slutligen på huvudet innan han svarade:

– Orolig, inte arg. Jag skulle nog säga att han är fruktansvärt orolig. Du försvann spårlöst och han har letat i två veckor. När han väl lyckas förstå vart du tagit vägen visar det sig att du befinner dig i en dal som är full av odjur.

Jan funderade på om han skulle öka på den unge mannens oro lite till och bestämde sig för att det nog kunde vara på sin plats.

– Din pappa är inte tränad för det här. Det är inte du heller förresten. Det kunde ha slutat i en katastrof om han hade försökt att hitta dig på egen hand. Skugglöpare är fruktansvärda rovdjur och de suger blodet ur allt som rör sig. Hade han gett sig in ensam skulle de ha tagit honom och han hade dött.

Jan tystnade och väntade på Toms reaktion. Den unge mannen var tyst i en lång stund innan han med en viskning frågade:

– Men han mår bra? Visst mår han bra just nu?

Jan vred på huvudet så att han kunde se Tom i ögonen.

– Självklart inte. Kurt håller på att förgås av oro. Jag tror inte att du kan förstå hur det känns för en förälder när ens enda barn plötsligt försvinner bland en massa saker som inte vill något annat än att äta upp dem.

Tom sa ingenting på en lång stund när han begrundade Jans svar. När han väl öppnade munnen igen darrade han på rösten.

– Förlåt, viskade han ynkligt.

Jan stod återigen och stirrade ut i det grå gryningsljuset och vände sig inte om.

– Det är inte mig du ska be om ursäkt. Behåll den ursäkten tills du träffar mannen som du är skyldig den.

Den unge mannen nickade instämmande och såg både nedstämd och fundersam ut.

–Är Lisa också här i dalen?

Det fanns en tydlig förväntan i Toms röst. Det var uppenbart att gossen hoppades på ett jakande svar. Jan log för sig själv men var noga med att Tom inte skulle se det. Den här resan kanske kunde sluta med något bra i alla fall, tänkte han.

– Jodå, hon är också här men henne är du nog inte skyldig någon

ursäkt. Det blir nog snarare min uppgift att be om ursäkt där.
Tom förstod inte vad Jan menade men kände instinktivt att det inte var något han skulle fråga om. Han sa inget mer utan stod tyst tillsammans med trolljägaren och såg på hur natten slutligen gav vika för solens bländande strålar.

Det var när byborna bakom dem började bära ut sin packning som Tom åter tog till orda.

– Det är något som inte stämmer med den här byn. Jag kan inte sätta fingret på det men någonting är fel.

Toms ord fick Jan att återvända till nuet och han drogs ur sina dagdrömmar. Han såg länge och tankfullt på den blonda gossen innan han ryckte på axlarna.

– Det är mycket som är konstigt när man har med skugglöpare att göra. De här människorna har drabbats hårt och kommer att tvingas lämna sina hem. Det är i det närmaste självklart att de uppträder lite underligt.

Tom pustade irriterat och sa med lite skarpare ton:

– Prata med någon av kvinnorna och säg sedan vad du tror. Försök få någon av dem att prata när Örnöga inte är i närheten. Det är verkligen något som inte stämmer.

I samma stund som Tom tystnade blåste det upp och svarta moln rullade över bergstopparna i väster. Molnen gled ner längs bergets sida som ett mörkt vattenfall och skulle när som helst dundra in över djungeln. Jan rynkade ögonbrynen och studerade molnen.

– Det kommer att bli oväder. Ska vi komma härifrån i dag måste vi måste sätta fart.

Blåsten hade redan fått grenen att gunga som ett skepp i storm när Jan smidigt tog sig in bland trädkojorna.

– Prata bara med någon av dem, ropade Tom efter honom.

Till svar fick han bara en tumme upp.

I tipin hölls ett akut morgonmöte. Kurt och Lisa var naturligtvis där men nu kom även Joanne och Ax. Den sistnämnda verkade inte alls bekväm med den nya situationen och upprepade ständigt att han jobbade för CIA.

– Vi jobbar inte med mystiska organisationer, mumlade han gång på gång.

Ax hade konstiga ticks för sig och knyckte upprepade gånger på huvudet samtidigt som han gjorde konstiga grimaser. Plötsligt såg han upp och petade ivrigt Joanne på axeln.

– Vi måste hämta grabbarna, de kan inte bara lämnas för att ruttna därute. Vi måste hämta hem dem.

Joanne höll med Ax om att de döda var tvungna att återfinnas men menade liksom Lisa och Kurt att deras första skyldighet borde vara att försöka rädda de som fortfarande levde. När de fått ut flyktingarna kunde de göra ett försök att hämta sina fallna kamrater. Ax blodsprängda ögon blixtrade av ilska när han kom på fötter och anklagande pekade mot henne.

– Du tänker skita i grabbarna! Du skiter fullkomligt i att de dött. Jag jobbar för CIA och jag tänker inte finna mig i det här.

Han vräkte undan tältfliken och stormade ut ur tältet. Joanne såg ursäktande mot Kurt och Lisa när hon mumlande försvarade sin kollega.

– Han mår inte så bra just nu. Vi får nog klara oss utan honom i dag.

Lisa såg oförstående på Joanne en lång stund innan hon lade huvudet på sned.

– Ska du inte gå efter och se om du kan få honom att lugna ner sig?

Joanne skakade sorgset på huvudet.

– Nej, jag tror att det är bäst om han får vara i fred.

Han behöver nog lite tid för sig själv.

Hade Joanne vetat vad den galne piloten skulle hitta på hade hon förmodligen gjort på ett helt annat sätt.

Stormen piskade trädens kronor och grenarna gungade som om en jätte hade skakat dem. I de små trädhyddorna klängde kvinnorna sig fast för glatta livet. Josh och Örnöga hade så snart det blivit ljust klättrat ner till marken för att försöka hitta en säker väg ut ur dalen. Mayakrigaren hade förklarat att skuggorna inte var så aktiva i det första dagsljuset.

– Jag letar alltid efter dem på morgonen. Då är de trötta och mindre uppmärksamma.

Han hade envist hävdat att han kände till en perfekt väg ut ur dalen. Nu ville han att de nyanlända männen skulle följa med så att han kunde visa dem. Grymtande av irritation hade Örnöga slutligen accepterat att han bara skulle få med sig en av männen. Det slutade med att Josh blev den som skulle följa med krigaren för att kontrollera den tänkta utrymningsvägen. Mayakrigaren och den amerikanska trolljägaren hade så småningom försvunnit ut i djungeln och snabbt slukats av den täta grönskan. Regnet piskade ner med ursinnig kraft och små rännilar blev snart rasande forsar som fräste och skummade. För att överhuvudtaget höras över regnet skrek Jan i Toms öra:

– Se till att alla är klara att ge sig av så fort regnet lättar. Jag ska bara ta mig ner till byn för att kolla en sak.

Han ville kontrollera de döda djuren för att försöka lista ut hur många skugglöpare som fanns i dalen. Tom nickade till svar men frågade också om Jan hade pratat med någon av kvinnorna. Hans fråga försvann i vinden samtidigt som Jan gled längs repet ner mot marken. Det grova repet drogs genast upp så snart han tagit mark.

Örnöga klafsade i den blöta leran så att det stänkte åt alla håll. Det förvånade Josh att en man som levde ute i det vilda inte kunde röra sig utan att skrämma vartenda djur inom hörhåll. Han själv var förvisso inte den bästa smygaren inom byrån, men han var ändå helt överlägsen krigaren som han hade framför sig.

Det tog ungefär en halvtimma innan de kom fram till en djup ravin som skar som ett fult ärr tvärs genom djungeln. Örnöga pekade på en halvrutten stock som låg tvärs över ravinen.

– Där, vi ska leda dem över den där och sedan uppför bergsväggen.

Med handen pekade han mot en i det närmaste lodrät klippvägg. Josh böjde huvudet bakåt för att se klippans krön. Det enda han såg var regnet som piskade honom i ansiktet. De här naturfolken måste vara ena riktiga baddare på att klättra tänkte han. Om Örnöga trodde att det här var den bästa vägen för hans folk så måste både män, kvinnor och barn av mayastammen vara mästerklättrare. Josh kunde med säkerhet säga att han själv inte skulle ha en chans att ta sig uppför den där bergväggen. Han skruvade oroligt på sig utan att avslöja sina tankar. Josh skulle helt enkelt få ta sig tillbaka till lägret vid dalens mynning på egen hand. När hans blick gled vidare ner mot klippans bas upptäckte han till sin förvåning att den fortsatte ner i ravinen. Ögonen vidgades av skräck när han insåg hur djup den var. Långt därnere brusade en vild och synnerligen upprörd stormflod. Josh ändrade sig snabbt. Han skulle inte behöva oroa sig för bergsväggen för han skulle aldrig nå den. Den ruttna stocken som låg över ravinen var redan den ett hinder som han inte tänkte ge sig på. Med en sista blick först på stocken och sedan på bergväggen mumlade han för sig själv:

– Det är kanske inte så konstigt att mayafolket dog ut. De tog förmodligen livet av sig själva.

Jan smög försiktigt men målmedvetet in mot hyddorna som utgjorde den gamla byn. Med svärdet slog han av en och annan gren som hängde ut över den leriga vägen. Han såg inte längre än några meter framför sig så att använda bågen var uteslutet. Det var också därför han hade svärdet i handen. Muttrande halkade han fram i den blöta lervälling som tidigare varit byns huvudväg. En fördel med stormen var trots allt att den vedervärdiga stanken från de ruttnande djurkropparna tillfälligt mildrades. Försiktig och med alla sinnena på helspänn närmade han sig den första hagen. Det låg ett tiotal getkroppar innanför staketet. De var uppsvullna och låg likt överjästa bullar i leran. Han stannade vid det närmaste djuret och studerade skadorna. Förutom de tre förväntade hålen i bröstkorgen fanns det inte en enda skada på djurkroppen. Varför hade inga asätare varit framme? Det förbryllade honom för en stund. Fanns det så många skuggisar i den här dalen att asätarna helt enkelt inte vågade sig fram? Han fick en orolig rynka mellan ögonen när han smög vidare. När han smög in mellan lerhyddorna välte plötsligt en av dem i den tilltagande stormen. Ja, att den välte var kanske fel att säga. Den kollapsade och blev platt som en pannkaka. Rynkan mellan Jans ögon djupnade när han undersökte resterna efter hyddan. Väggar hade ramlat omkull och taket blåst bort men ett metallskelett stod fortfarande kvar. Jan var ingen expert på hur mayafolket byggde sina hyddor men att de använde sig av byggställningar av metall för att hålla väggarna uppe hade han svårt att tro. Han smög vidare för att ta sig en närmare titt på nästa hydda. Rynkan mellan hans ögon blev om möjligt ännu djupare när han studerade den intakta lerhyddans inre. Han mumlade fram en mild svordom innan han vände och hukande skyndade tillbaka mot träden. Vinden slet i hans rock vilket fick honom att se ut som en flaxande demon.

Det var Joanne som först upptäckte att Ax var borta. Hon hade sökt honom i hans tält för att se efter om han hade lugnat sig. Försiktigt knackade hon på dörren till hans tält men fick inte något svar. När hon gläntade på dörren och såg sig omkring upptäckte hon att tältet var tomt. Ax personliga utrustning var också borta. Den galna piloten hade givit sig av. Det tog bara ett ögonblick innan hon förstod vad tokstollen hade tänkt göra. För att vara säker på sin sak gick hon till överstens tält för att fråga om han visste vart hennes kollega tagit vägen. Mannen hade flackat med blicken och mumlat något ohörbart utan att direkt svara på frågan. När hon frågade en andra gång hade han surt förklarat att han inte förstod vad hon pratade om. Han återgick till sina kartor och viftade med handen för att visa att hon hade hans tillåtelse att gå. Det fega kräket hade schasat bort henne som om hon hade varit en fluga. Med blodet kokande av vrede över att bli behandlad som en mindre vetande klampade hon ut ur tältet och smällde igen dörren bakom sig. Hon hade gått raka vägen till Kurt och förklarat att översten med största sannolikhet ljugit och att Ax förmodligen gjort något dumt. I värsta fall hade dåren gett sig in i dalen igen. Kurt brummade som en ilsken björn när han gick förbi henne i riktning mot överstens tält.

Översten blev inte så lite förvånad när han för andra gången på kort tid fick oväntat besök. Kurt gjorde dessutom på precis samma sätt som Joanne. Han klampade rakt in utan att först knacka. Med tre steg var han framme vid överstens stabila plåtbord. Det slog nästan gnistor om honom när han hotfullt lutade sig över bordet.

– Har du hjälpt någon av CIA:s mannar att ta sig in i dalen? röt han till den nu något orolige översten.

Utan att kunna se honom i ögonen mumlade översten att han inte visste vad Kurt talade om. Det lät som en åskknall när Kurt drämde näven i bordet. Han ställde samma fråga en gång till. Men den här gången morrande.

– Vart tog han vägen?

Översten tyckte att det lät som om mannens röst kommit från andra sidan av graven och han bleknade märkbart. Darrande pekade han in mot dalen.

– Han skulle ut och leta reda på de försvunna männen. Jag lät honom ta en av våra jeepar. Han gav sig av i går kväll, pep han ynkligt.

När Kurt stormat ut ur överstens tält stirrade denne förstummat på sitt fältbord. Där den bredaxlade mannen slagit sin hand fanns det nu en djup buckla. Det utslagna kaffet letade sig i små rännilar ner i den nya fördjupningen och samlades i en liten pöl.

Ax hade inte legat på latsidan. Han hade läst allt som han kunnat hitta om vad en Chupacabra var. Enligt vad han förstått var det en mörkt grå varelse med taggar som började uppifrån huvudet och fortsatte ner över ryggen. Enligt vissa berättelser hade den vingar och kunde flyga och enligt andra hoppade den runt som en känguru. Från en liten by i Bolivia kom det en historia om hur en polischef skjutit på en av varelserna med sin pistol. Tydligen skulle utomjordingen bara ha väntat tills polischefens kulor tagit slut för att sedan bara försvinna. Han hade därför tagit med sig den största kulsprutan som han kunnat hitta. Det fanns inte mycket som stoppade en kula i kaliber.50.

Ax hade sin plan klar och under natten satt han den i verket. Tanken var att han skulle fånga en av utomjordingarna på egen hand. Lyckades han med det skulle han mycket väl kunna bli den nya chefen för byrån för paranormal aktivitet inom CIA. Hans, av sprit och droger, rödkantade ögon blänkte belåtet när han tänkte på det: CIA-chef. Ingen skulle kunna säga emot om han levererade en livs levande utomjording till huvudkontoret i Langley. Hans plan var att med hjälp av en kulspruta skrämma ett av odjuren in i ett uppspänt kolfibernät. Där skulle utomjordingen bli stoppad och tvingas följa nätet för att hitta ett sätt att ta sig igenom. När den väl klev in i det som såg ut som en öppning skulle fällan slå igen. Ax kunde redan känna tyngden av sitt blivande ämbete på axlarna när han gick mot överstens tält. Han hade mycket packning och behövde låna en bil. Naturligtvis skulle han inte avslöja vad han egentligen skulle ut och göra. Mexikanerna skulle inte få någon möjlighet att kopiera hans briljanta plan.

Den grönmålade militärbilen krängde och skuttade när han dundrade ut ur lägret. Skymningen hade övergått i natt och månen sken blekt från en i övrigt svart himmel. Joanne skulle inte märka att han försvunnit fören imorgon bitti så han hade hela natten på sig för att få ordning på sin fälla. Han hade inte kommit långt in i den täta skogen innan de första vindstötarna skakade trädkronorna. När han flera timmar senare hade avslutat sitt jobb såg han förvirrat upp mellan trädkronorna. Han hade redan för någon timme sedan konstaterat att gryningen övergått i dag men nu blev det helt plötsligt mörkare igen. Blå himmel började hastigt ersättas av svarta moln. Bara några minuter senare var Ax mitt inne i en tropisk regnstorm. Han mumlade osammanhängande för sig själv och stoppade ytterligare ett färgglatt piller i munnen. Motorn brummade muntert när han svängde av stigen och styrde upp mot en hög kulle. Över hans huvud svängde en M2-kulspruta. För tillfället önskade han att bilen i stället varit utrustad med ett tak. Kulsprutan var nämligen helt värdelös som paraply.

Örnöga skyndade på Josh, som med viss misstänksamhet noterade att de inte var på väg tillbaka till trädkojorna. Det verkade som om krigaren ville visa amerikanen någonting mer. Kraftiga grenar och mängder av kvistar och löv regnade ner runt dem när de mödosamt fortsatte framåt. Josh oroade sig för att någon av dem skulle träffas av en av de fallande grenarna men Örnöga fortsatte oförtrutet framåt. Helt plötsligt stannade han och pekade.

– Där inne, vi ska in där borta.

Josh spanade in i de grå regnslöjorna utan att bli det minsta klokare. Det såg bara ut som ännu en bergvägg. Enda skillnaden från alla de andra lodräta bergväggarna var att den här hade en mörk fläck längst ner. När de kom närmare upptäckte han att den mörka fläcken faktiskt var den svarta öppningen till en grotta. Oroligt greppade han sitt svärd och kontrollerade att det gick lätt att dra. Josh visste att grottor och skugglöpare allt för ofta brukade höra ihop. Han dröjde sig kvar när Örnöga rusade vidare. Med försiktiga steg fortsatte han efter den galna mayakrigaren. Blev inte dåren uppäten var grottan förmodligen tom. Josh stirrade skrämt på de två hundliknande huvudena som huggits ut på vardera sida av ingången.

Trots att grottans inre var svart som sot hävdade mayakrigaren att han kunde se vägen. När han ivrigt rusade in i grottan avslöjade en dov duns och ett högt stön att han med stor sannolikhet hade ljugit. Högljudda svordomar på spanska förstärkte Josh misstankar om att krigaren inte hade bättre syn än någon annan. Han suckade trött och tände sin ficklampa för att förhindra att Örnöga skulle lyckas med konststycket att slå ihjäl sig i grottans mörka inre. Det var en stor och alldeles rund grotta som hade formen av en nästan perfekt cirkel. Mayagalningen stapplade in i ljuset samtidigt som han muttrande gned sig över pannan. En enorm bula kunde redan skönjas mellan mannens ögon. Krigaren blev genast på bättre humör och slog ut med handen mot grottans inre.

– Det här är en av de heligaste platserna för mayafolket. I den här grottan är det meningen att vi ska kommunicera med utomjordingarna. Du förstår, det är rymdfarare från främmande världar som är mayafolkets hemliga beskyddare. Det är de som kommer att ge oss kunskapen som gör att vi ska kunna föra världen in i en ljusare framtid. Maya kommer ännu en gång att bli de rättmätiga härskarna över världen.

Hans ögon lyste av galenskap när han menande pekade på golvet. Josh lät lampans ljusstråle spela över grottans golv och flämtade till av fasa. Hela det plana golvet var täckt av ett tjockt lager slem och i den kletiga massan stod stenar i mjuka, labyrintliknade mönster. För Josh var det uppenbart att ficklampans matta sken avslöjade en fruktansvärd upptäckt. Tusen och åter tusen identiska stenar stod på högkant och bildade sjuka mönster i slemmet. Han backade ofrivilligt mot utgången och hans ansikte bleknade av synen. Två saker stod helt klara för honom. Ett, Örnöga var en komplett galning. Två, Det fanns många fler skugglöpare i den här dalen än vad de först trott. Grottans vidsträckta golv var helt täckt av trollägg.

Tom hjälpte en medelålders kvinna att packa sina tillhörigheter. Han fick ett något förbryllat uttryck i sitt ansikte när hon i den flätade korgen lade ner en mobiltelefon och en Walkman av CD-modell. Blandningen av gammalt och nytt stärkte hans onda aningar. Han hade en klar uppfattning om att det var något som inte stämde och nu stärktes hans misstankar ytterligare. De få kvinnor som fortfarande fanns kvar i byn verkade ha vaknat till nu när Örnöga inte längre var där och snokade runt. De pratade viskande med varandra men blev genast vaksamma när Tom eller Jan var i närheten. Vid de tillfällen han råkade komma in i en hydda där det pratades tystnade genast samtalen när han steg in. Han stod fundersam och betraktade kvinnans packning när han hörde att Jan ropade hans namn. Tom hukade sig och skyndade ut genom den låga öppningen och skakade av sig den obehagliga känslan.

Jan såg förvånat på kvinnan helt oförmögen att förstå hennes fråga.
– Ursäkta, är ni också från bolaget? frågade hon igen.
Jan noterade först inte att kvinnan frågat på engelska och att hon pratade med en klar New York dialekt. Han hade blivit distraherad av hennes hår. Det var svart som korpens vingar men inne vid rötterna var det blont. Det såg nästan ut som om håret hade färgats.

– Öh, vad sa du? Förlåt jag uppfattade inte frågan, svarade han tankspritt.

– Jag frågade om ni också är från bolaget? Vi blev ju fast här efter att de där hemska getterna blivit dödade. Förmodligen blev de attackerade av något som är ännu hemskare. Vi vågade inte vara nere på marken och hoppades på att någon skulle komma och rädda oss. Jag visste inte att det fanns fler team här ute.

Hon lät blicken vandra över Jans förstärkta stövlar och vidare upp över hans regnvåta men väl bepansrade skinnrock. Hennes ögon vidgades och hon såg nästan äcklad ut när hon slutligen fäste blicken på den gräsligt fula hjälmen med sina taggiga spetsar. Det syntes i hennes ansikte att det inte var så här hon hade förväntat sig att en räddningsstyrka skulle se ut. Hon förväntade sig förmodligen soldater eller någon annan form av räddningspersonal. Jan log tveksamt mot henne när han svarade att han inte förstod vilket bolag hon talade om.

– Jo, alltså, filmbolaget, jag förmodar att ni också höll på att spela in en film någonstans i den här konstiga skogen.

Jan såg nu ut som ett enda stort frågetecken. Kvinnan med det svartfärgade håret väntade otåligt på svar. Hon slog uppgivet ut med händerna innan hon satte dem i sidorna och lade huvudet på sned.

– Hallå, hörde du frågan eller?

Jans huvud surrade av tankar. Han gick snabbt igenom vad som hänt sedan de anlänt till den här lilla byn. Med en plötslig insikt djupnade den oroliga rynkan mellan hans ögon och nådde helt nya nivåer.

Joanne gick i mitten och surade. Hon hade velat att de skulle låna en Jeep men både Kurt och Lisa hade sagt nej. Nu skulle de i stället fotvandra i en djungel som var översvämmad av en massa konstiga och fullständigt livsfarliga varelser. Några meter bakom henne smög den korta men otroligt axelbreda mannen som de andra hade kallat för drakjägare. Vad i helsike var en drakjägare? Hon försökte minnas om hennes morfar någonsin berättat om någon sådan. Hon skakade på huvudet och log lätt roat åt sig själv. Inte kunde det ha gått så långt att de fått henne att tro att morfars tokiga historier var sanna? Trots hennes försök att hitta en trovärdig förklaring till allt som hänt återvände hennes tankar ständigt till morfar och hans berättelser. Han hade berättat så levande och beskrivande om de män och kvinnor som med skarpa svärd och raka ryggar stod upp mot ondskan. Hon ville så gärna få visshet i om den gamla mannen hade varit tokig eller ej. För tillfället var det inte rätt läge att rota i det förflutna. Just nu var det faktiskt som om hon befann sig mitt i en av morfars galna historier. Framför henne smög en ung flicka som förmodligen inte ens var fyllda 18 år. Hon rörde sig som en katt och inte ett enda ljud hördes trots att hon gick i samma blaskiga lera som de andra. I det strilande regnet försökte Joanne se hur flickan satte sina fötter men det var inte helt lätt. Hon liksom vred ner foten för varje steg och på något vis knuffade undan allt som skulle kunna låta innan hon la sin vikt i steget. Det var ett egendomligt sätt att gå på men ändå var det ingenting i jämförelse med hennes kläder. Flickan hade vita byxor av skinn samt en knälång kappa som gnistrade av pärlemor och guld. Över hennes mörklockiga hår satt en förgylld krans. Ett gyllene pannband av stål hade varit konstigt nog men det slutade inte där. En metalltunga gick upp från hennes nästipp och fortsatte i en elegant båge upp över huvudet. När den passerade pannbandet fick den sällskap av ytterligare två metalltungor som satt på var sin sida av den mittersta. De var alla böjda över flickans blöta hår. På hennes rygg satt två svärd i kors. Förutom ett som var av samma typ som Joannes själv bar så hade hon också ett kortare svärd. Joanne sneglade över axeln för att se på svärdet som guppade på hennes egen rygg. Nu hade hon en liten sotad träbit fastsatt i håligheten ute vid svärdets spets. Det var flickan som envist hävdat att det var ett måste på en trolljägares vapen. Hon visste inte om det var sant eller ej men hon hade övat tillsammans med den här lilla tjejen och Joanne hade inte haft en chans. Hon fick med en bister min när hon tänkte på svärdsövningarna. Lisa hade varit övermänskligt skicklig med sina svärd och dessutom snabbare än en tanke. Joanne visste inte vad den lilla träbiten kunde göra för nytta men när det kom till blanka vapen litade hon blint på den gnistrande tjejen som ljudlöst smög framför henne.

De hade kommit i väg sent och Lisa kände sig stressad. Skulle de hinna fram till sitt första delmål innan mörkret föll var de tvungna att skynda sig. Kurt var förvisso från byrån med han var inte trolljägare. Lisa hade därför tagit täten utan att Kurt protesterat. Han visste helt enkelt inte vilka tecken han skulle leta efter men hade snabbt insett att det gjorde hon. Lisa hade knölat ner dubbelt så många pilar i sitt koger mot vad hon normalt hade. Nu stack sex svarta pilar upp vid hennes vänstra höft och hon oroade sig över att de kanske skulle skadas när styrfjädrarna skavdes mot varandra. Hade Jan sett hennes koger hade hon förmodligen fått skäll. ”*Fjädrarna får aldrig röra vid varandra*”, hade han förmodligen sagt. Hon fick ett vemodigt uttryck i ansiktet när hon tänkte på sin pappa. Hon var fortfarande besviken på att han ljugit men samtidigt var hon orolig för att han skulle bli skadad. Den här djungeln var inte som deras nordiska skog med höga furor och porlande bäckar. Det här var en främmande skog med främmande faror. De stora gummiliknande träden höjde sig som ett tak över deras huvuden och en del av dess blad var stora som biltak. Det var omöjligt att se längre än några meter framför sig på grund av växtligheten. Luften var tung att andas och full av både fukt och insekter. Hon hade svårt att erkänna det för sig själv men när hon tänkt på det som hänt så hade hon nog börjat inse att Jan hade haft rätt. Hon skulle naturligtvis aldrig säga det till honom men förmodligen hade han haft rätt i allt de bråkat om. Hon var naturligtvis fortfarande sårad för att han ljugit för henne men hon började åtminstone förstå varför.

10 Faror och fällor

– Men vad ska du ha med dig allt det där skräpet för?

Jan var upprörd och nu när en fåraktigt stirrande kvinna stod och packade ner ett antal filmrullar i sin ryggsäck brast det för honom. De skulle behöva förflytta sig snabbt och effektivt men nu stod den här människan och tryckte ner en massa onödigt skräp i sin väska. Hon såg oförstående upp på honom med blossande kinder.

– Det här är allt vi spelat in. Jag måste ha med mig det.

Jan slog upprört ut med händerna och himlade med ögonen.

– Kan vi inte förflytta oss fort så är det möjligt att vi dör allihop. Vad är det som är så viktigt med det där?

Kvinnan bet ihop tänderna och väste till svar.

– Både vår regissör och manusförfattare har försvunnit i den här jäkla skogen. Det här är allt de lämnade efter sig. Tar vi inte med filmerna har allt deras jobb varit förgäves. Jag tänker inte låta det hända.

Hon fortsatte bestämt att packa ner sina filmrullar med en alltmer irriterad min. Plötsligt rätade hon på ryggen för att med brinnande blick se Jan rakt i ögonen och skrika:

– Jag är så jäkla trött på alla förbaskade låtsashjältar. Bara för att du spelat riddare i någon undermålig B-film så betyder det inte att

du är någon riddare. Du är en skådespelare precis som jag. Herre jösses, släpp karaktären för tusan!
Jan såg oförstående på den upprörda kvinnan innan han gav upp och stressade vidare.

Det var viktigt att så fort som möjligt få den lilla gruppen klar för den farliga vandringen tillbaka till militärens läger. Jan kände i hela sitt sinne att skugglöpare lurade bakom varje buske i den täta och snåriga djungeln. De var tvungna att ge sig av så fort gryningen övergått i dagsljus. Med en trött blick såg han mot kvinnan som fortfarande stuvade ner filmrullar i sin ryggsäck. Han undrade hur många av skådespelarna som fortfarande skulle vara i livet när de kom ut ur dalen. En obehaglig liten röst i bakhuvudet sa att summan mycket väl kunde vara noll, med honom själv inräknad. Ilsket rätade han på sig och skakade av sig de dystra tankarna.

– Släng ifrån dig den där, ropade han åt en ung kvinna som kom släpande på en stor filmkamera.
Hur i hela fridens namn skulle han få de här människorna att förstå att om de misslyckades nu så var det kört? Det skulle inte bli någon omtagning. Filmfolk verkade vara skvatt galna. Han mulnade ännu mer och rättade sig själv. Självklart är de galna. De

är trygga och det betyder att de är galna av naturen. Alla trygga har minst en skruv lös och de här filmmänniskorna är inget undantag.

Ax gnolade muntert för sig själv. Han hade åkt så långt han kunnat innan det blivit mörkt och hade redan hunnit sätta upp sin fälla. Med en min som påminde om en galen gnu stod han och beundrade sitt verk. Bilen stod på en liten höjd ett tjugotal meter från stigen. Den doldes av grönprunkande grenar som hängde ner från ett ovanligt högt träd. På båda sidor om den leriga stigen hade han spänt upp tunna men otroligt starka nät. Deras uppgift var att leda in utomjordingen mot stigen i dalens mitt. Det ena nätet var fäst i klippväggen på andra sidan av den smala dalgången för att sedan spärra av djungeln ända fram till stigen. Det andra nätet började vid en djup ravin i vilken en forsande flod stormade fram. Ingenting skulle kunna komma inifrån dalen och ta sig förbi. Där de båda näten möttes hade han ställt sin lömska fälla. Det var en fyrkantig låda med galler på två sidor. Den såg ut att var öppen så att man kunde gå rakt igenom om man kom på stigen. Vad man inte såg var att det fanns både galler och kraftiga plåtskivor dolda under kvistarna som låg på stigen. Det behövdes bara att någon eller något klev in i öppningen så skulle fällan slå igen. Nu stod han uppe på bilens flak bakom den tunga kulsprutan och väntade. Uppe i träden satt det kraftiga strålkastare som lyste upp skogen omkring honom. Han var otroligt nöjd med sitt arrangemang. Nu behövde han bara vänta på att fällan skulle slå igen. Sedan var vägen upp till de högsta jobben inom CIA klar. Hade någon annan varit i skogen tillsammans med honom skulle de förmodligen varit mer rädda för Ax än för någon påstådd utomjording. Han såg riktigt, riktigt galen ut där han stod och svängde sitt stora vapen fram och tillbaka. Med ett förvridet leende i ansiktet nynnade han.

– Grå i skinnet och taggar på huvudet, grå i skinnet och taggar på huvudet.

På något egendomligt sätt lyckades han sjunga orden till melodin *Lilla snigel akta dig*.

Örnöga hade dragit ut så länge på deras spaningsrunda att de inte hann tillbaka till trädhyddorna innan mörkret föll. De hade ett par kilometer kvar när det första brummandet hördes inne bland trädens mörka skuggor. Josh som visste vad de hade att göra med hade genast pekat på det största trädet i närheten och skrikit:

– Snabbt, klättra upp. De kommer!

Örnöga hade sett lite handfallen ut och uppriktigt förvånat frågat:

– Varför ska vi klättra? Det är ju nu de kommer fram.

Han hade tydligen inte förstått faran med att vara på marken när mörkret lade sig över skogen. Josh tröttnade snabbt och sparkat den undrande krigaren i baken samtidigt som han upprepat sina order om att klättra.

Nu satt de femton meter över marken och såg ner i mörkret under dem. Mayakrigaren spanade ivrigt samtidigt som han då och då blängde på trolljägaren. Josh skakade oroligt på huvudet och frågade sig vad det var för fel i huvudet på hans nya allierade. Han insåg mycket väl att hann de inte fram till byn i tid skulle Jan försöka förflytta byborna själv. Josh som hade sett vad som fanns i grottan hade en bättre bild av hur många skugglöpare som fanns i den här dalen. Om Jan försökte ta gruppen genom djungeln på egen hand skulle de inte ha mycket till chans. Dalen svämmade över av odjur och inte ens Jan skulle kunna rädda byborna på egen hand. Tom som var lärling åt en drakjägare räknade han inte ens in i räddningsoperationen. När man har med troll ur nattmarefamiljen att göra kan inte ens en vältränad trolljägare vara säker på att gå vinnande ur striden. En lärling till en drakjägare skulle ha lika stor chans som en snögubbe i skärselden.

En enorm eld brann i den uthuggna gläntan. När skymningen kom hade Lisa pekat på en liten höjd där växtligheten inte var lika tät som i resten av skogen. Alla tre hade hjälpt till att hugga bort buskar och träd tills de hade ett fritt avstånd om tjugofem meter åt alla håll. I mitten hade de lagt en stor hög ved och tänt på. Trots att veden var fuktig brann det nu rejält och nya vedklabbar staplades ständigt på. Ljuset var deras bästa skydd mot monstren ute i djungeln. Ingen kunde förvisso med säkerhet säga om det fanns några skugglöpare runt deras läger då elden brann så att det dånade. Eventuella ljud utifrån dränktes helt av brasans oväsen. Som om det inte var illa nog så förlorade dessutom Lolus näsa sin förmåga att känna av odjuren i den stickande röken.

Lisa hade legat vaken halva natten och oroligt spanat ut i mörkret. Men trots hennes oro hade det mot alla odds varit lugnt. När morgonens första ljus silade ner i den lilla gläntan kunde hon slutligen slappna av. Alla tre var vakna men hostade ihållande efter en natt i den kraftiga röken. Lisa stirrade rödögt mot den täta djungeln och log. Inget brummande hördes och inte minsta knak. Med en liten handrörelse fick hon Lolu att försiktigt tassa ut i den täta växtligheten. Den kraftiga hunden smög försiktigt in under buskarna med näsan tryckt mot marken.

– Vet du vad det är för djur vi har att göra med?

Joanne ställde frågan så tyst hon kunde. Det gick så där då viska är en konst som inte är helt lätt när man är hes efter en natt i bolmande rök.

Lisas panna rynkades när hon funderade på hur hon skulle besvara frågan. Kvinnan var en trygg och skulle förmodligen inte ha förmågan att förstå vad en sydamerikansk skugglöpare var för något.

Hon såg tankfullt på den blonda kvinnan innan hon bestämde sig för att vara helt ärlig.

– Vi har att göra med troll. Fula, elaka, blodsugande troll och just den här sorten är snabbare än något annat djur på planeten.

Joanne såg ner i marken en lång stund och Lisa kunde se att hon funderade. När hon väl såg upp igen ställde hon en fråga som förvånade Lisa.

– Finns det ett troll som ser ut som en människoalligator?

Lisa svarade snabbt och utan att tveka.

– Ja, samma familj men inte lika snabba som dem vi har att göra med här.

Joannes ögon vidgades och hon verkade plötsligt ivrig.

– Är de lika stora som en vuxen man men med svans och ett fult tryne och taggar på ryggen? Har de skinn som en alligator men går på två ben? Ett odjur som inte tvekar att ge sig på en människa även om det blir beskjutet?

Lisa såg häpet på henne, hur kunde den här trygga känna till swampmonsters? Trots hennes förvåning valde hon att svara helt ärligt.

– Jaa, de ser ut som en blandning av människa och alligator. De kan bli upp till två meter höga när de är fullvuxna. Dessutom kan du inte skjuta ett troll med gevär. Då blir de bara ilskna och en sak kan jag lova dig, du vill inte göra troll ilskna. Det är illa nog ändå. Det är därför vi har pilbågar och svärd. Det är den sotade ekkvisten som gör jobbet. Det är enda sättet att döda dem. Man kan naturligtvis hugga huvudet av dem förstås men det är inte så lätt. Lisa förklarade övertydligt för att Joanne skulle inse att hon kunde sitt jobb. Till hennes stora förvåning såg hon en lättnad och ett litet leende i Joannes ansikte. Hon verkade få tårar i ögonen och vände till slut bort ansiktet. Lisa var inte säker men det såg nästan ut som om den här stenhårda kvinnan grät. Fast det är klart, det kunde ju bero på den stickande röken som fortfarande hängde kvar i den lilla gläntan.

Joanne stirrade ner i elden en lång stund. Minnen från morfars berättelser snurrade i hennes huvud. Hon lyfte lättad på huvudet och såg med en kärleksfull blick på sitt svärd.

– Finns det andra troll i USA? Jag menar andra än de här swampmonstren?

Lisa överraskades av den konstiga frågan men svarade återigen med samma självklarhet som tidigare.

– Naturligtvis, det finns ganska många olika sorter i USA. Du kanske till och med har hört talas om några av dem även om du inte förstått att det är troll. Har du hört namnet Sasquatch?

Joanne häpnade utan att kunna dölja det.

– Bigfoot? Du menar väl inte att... Hon avslutade inte frågan utan stirrade bara häpet på Lisa.

Hennes ögon vidgades ännu mer när Lisa leende nickade till svar.

– Japp, så är det. Sasquatch är ett pälstroll. Den är av samma art som Yetin. Du vet den där varelsen de trygga kallar för snömannen. Pälstroll är oerhört skygga varelser som i huvudsak livnär sig på smådjur och rötter. Vi jagar inte pälstroll då de inte utgör något hot.

De bröt upp från sin glänta och fortsatte djupare in i dalen ovetande om att de gick på samma stig som Jan och filmfolket. Fortsatte de båda grupperna framåt skulle de till slut mötas. Faktum var att det bara var en person i hela dalen som i just den stunden inte befann sig på stigen. Ax hade nämligen somnat och hängde snarkande över kulsprutans manöverhandtag. I den kalla och regnvåta natten hade det inte varit några som helst problem att hålla sig vaken men i samma stund som solens värmande stålar börjat spela över hans ansikte hade han slumrat till.

Inne i dalen var det för tillfället ganska trångt. På en och samma stig rörde sig nu många olika grupper. Först var personerna från trädbyn som var på väg ut mot räddningen ledda av Tom och Jan. Bakom dem smög en mayakrigare tätt följd av en trolljägare. Från andra hållet kom tre personer och en hund, och mellan de båda grupperna stod en gillrad fälla. Utöver alla på stigen fanns där ju också en skjutgalen tokstolle med en tung kulspruta. På det hela taget såg det ut som om det skulle kunna bli en riktigt spännande dag i djungeln. Det största problemet var att flera av dem var beväpnade och att alla var på helspänn. Dessutom var minst en av dem skvatt galen.

De hade inte hunnit långt innan kvinnan som dagen innan skällt ut Jan började sacka efter. Han suckade ljudligt innan han ropade till Tom som gick sist i gruppen.

– Kom upp hit och ta täten. Vi byter plats ett tag.

Med lätta och sviktande steg rusade Tom förbi den lilla karavanen för att ta över i täten. Jan väntade vid sin plats och lät slutet av kön komma till honom i stället för att springa bakåt. Han stod och spanade ut i skuggorna med den strängade bågen i ena handen och en pil snurrandes i den andra. På ett ganska komiskt sätt såg det ut som om han gjorde en parodi på en cheerleader. Det tog en liten stund innan kvinnan med den tunga ryggsäcken kom stånkande längs stigen. Jan stoppade ner sin pil med en elegant rörelse och lyfte av packningen från hennes rygg. Först började hon att protestera men när hon insåg att han inte tänkte slänga bort den tystnade hon. Han slängde ena remmen över axeln och nickade till kvinnan att gå före. Hon halkade vidare en stund innan hon vände sig om och väntade in honom.

– Jag måste få be om ursäkt för mitt uppförande tidigare.

Hon sträckte fram handen och presenterade sig.

– Jag heter May Wilder, skådespelare till yrket.

Jan tog förvånat den utsträckta handen och skakade den. Han frågade, mest av artighet vad det var för film de spelat in och fick veta att den handlade om slutet av mayakulturens tidsålder.

– Filmen skulle ha hetat Apocalypterna men nu vet jag inte om den någonsin kommer att bli klar. Många av dem som jobbat med den har försvunnit.

May såg så ledsen ut att Jan kände att han behövde göra ett försök att muntra upp henne.

– Kommer de inte tillbaka så kanske du kan sälja manuset.

Han tänkte febrilt. Jan var usel när det gällde folk inom filmindustrin. Han kom bara på ett enda namn, en skådespelare förvisso men ändå.

– Mel Gibson, sälj manuskriptet till honom så ska du se att filmen blir gjord.

Hon skrattade och log mot honom.

– Ja, kanske det. Vi får se vad bolaget vill göra när vi kommer hem. Det skulle vara roligt om den blev färdig.

May var fortfarande helt övertygad om att hon samtalade med en kollega men trots det kände hon sig av någon anledning väldigt bekväm i den bredaxlade mannens sällskap. Hon strök honom ömt över kinden och tackade för att han bar den alldeles för tunga ryggsäcken åt henne. Han log blygt samtidigt som han fortsatte att diskret läsa av djungeln bakom dem.

– Du har väl inte allting i den här väskan? Jag vill inte råka tappa allt ert arbete.

Han pekade med tummen mot ryggsäcken.

May log busigt och vek undan en flik av den indianfilt som hon bar över sina axlar. En tjock bunt med papper skymtade under filten.

– Jag har originalmanuskriptet här.

Det brummade något alldeles förskräckligt i djungeln runt dem. De hade fått vara ostörda i några timmar när Lolu plötsligt kom farande med raggen rest. Hunden såg ut som en enorm diskborste. Lisa ropade till sina vänner att sätta fart och samlas i en liten lummig glänta mellan stigen och en liten ravin. Det var där de nu stod och avvaktade. Lisa och Kurt stod med pilbågarna riktade mot djungeln. Svarta pilar låg redan mot bågarnas stockar. Joanne hade dumpat sin M14-karbin och stod nu i stället med svärdet hotfullt riktat mot den täta djungeln. Hon hade blint litat på Lisas förklaringar om att man inte kunde döda troll med gevär. Flickan hade låtit så övertygande när hon förklarade att Joanne trodde på allt hon sa.

– Försök inte följa efter dem om de rusar i väg. Stå bara kvar och vänta in dem. Anfaller de så håll ut svärdet mot dem. De är oerhört snabba men har svårt att svänga undan när de kommit upp i full fart. Kasta er på marken om ni plötsligt ser den tydligt. Det är då de skickar ut sin äckliga tunga.

Lisa hade skrikit ut sina uppmaningar till de andra och Kurt hade förstått precis vad hon menade. Joanne däremot hade naturligtvis haft svårare att förstå men hon hade åtminstone snappat upp det där om att kasta sig ner.

Det var det där med att om odjuren blev tydliga som hon inte riktigt förstod, och grejen med tungan. Hon förstod egentligen ingenting om vad odjurens tunga hade med något alls att göra. Joanne visste nämligen ingenting om skugglöpare utom att de uppenbarligen var livsfarliga. I hennes värld hade alla djur på jorden ett hjärta och en hjärna. Förutom dessa två nödvändigheter borde de rimligtvis även ha både lungor och matsmältningssystem. Joanne hade aldrig fått lära sig att troll sakande hjärtan. Hon hade inte den blekaste aning om att alla trollens muskler hjälpte till att pumpa runt deras svarta blod. I just det här läget skulle den lilla kunskapsbristen inte spela någon roll. Fick en skugglöpare tag i henne så var hon rökt oavsett om hon visste den lilla detaljen eller inte. Hennes enda hopp låg i att den glimrigt klädda flickan faktiskt kunde sitt jobb. Hon sneglade mot Lisa och kände hur hoppet växte. Flickan såg ut som en panter som just skulle hoppa på sitt byte. Det var något magiskt att se en så komplett jägare som var i sådan… Med ett ryck vände hon sig häftigt om. Det prasslade plötsligt till i buskarna framför henne. Allt hon såg var en suddig kontur av en något mörkt och otäckt. En obehaglig känsla löpte genom henne och hon blev rädd.

– Vad är det där? skrek hon med panik i rösten.

Den suddiga konturen blev plötsligt skarp och hon stirrade med uppspärrade ögon på en varelse som inte borde finnas. Någonstans i hennes hjärna försökte en vag minnesbild göra sig påmind men i den stora förvirringen drunknade den i all fasa som sakta tog över hennes väsen. Varelsen var runt en och en halv meter hög och lätt framåtböjd. Dess framben var smala och stack fram som på en T-Rex. Armarna var dock betydligt längre än på dinosaurien och försedda med sylvassa klor. Den vedervärdiga varelsen såg ut som ett mellanting mellan fladdermus och ödla fast med kraftiga bakben som mer liknade en enorm grodas ben. Huvudet var ohyggligt med stora svarta ögon och en näbbliknande nos. Från toppen av dess huvud spretade en rad spetsiga taggar som fortsatt ner längst dess rygg. Varelsen snorade till precis innan en hård smäll och en duns bröt förtrollningen. Besten ryckte till och vek sig framåt. Innan odjuret hann dra ihop sig såg Joanne en svart pil darra i dess bröst. Hon flackade med blicken mellan Lisa och trollkadavret. Flickan hade redan en ny pil på strängen och odjuret låg nu stilla. Det såg nu ut som vilken sten som helst. Något for plötsligt ut ur buskaget och slog in i Kurt bröstplatta. Han snubblade bakåt men räddades av att han tumlade in i Lisas stadiga ryggtavla. Ett lågt gnyende hördes inne bland buskarna som föremålet kommit ifrån. Kurt rätade ilsket på sig och muttrade:

– Ditt lilla odjur, innan han släppte i väg en pil i riktning mot ljudet.

ytterligare en dov duns hördes och ett stenliknande klot stort som en badboll rullade ut ur buskagen. Någon sekund senare ökade brummandet inne bland buskarna. Plötsligt brakade det till och odjuren satte av och försvann. Joanne kunde se hur kvistar och löv for upp i luften efter dem. Jösses, det var som om ett jetflygplan flugit inne bland buskarna. Inget levande kunde röra sig så snabbt. Ett lätt knarrande hördes när Kurt försiktigt släppte av på sin båge. Lisa vände irriterat på huvudet och pekade ilsket på honom.

– Den där får du smörja när vi stannar nästa gång. Bågen ska vara ljudlös när du spänner den.

På något oförklarligt sätt hade den yngsta i gruppen tagit befäl över deras lilla räddningsexpedition. Kurt var jägare och Lisa bara lärling så han var egentligen högre i rang. Kurt sa dock inget då han visste att hon hade rätt. Bågen skulle inte låta när den spändes. Även en drakjägare borde veta bättre än att slarva med sina vapen. Lisa visslade lågt och ganska snart kom hunden smygande ut ur buskagen. Hon rufsade om den kraftiga tikens päls och berömde henne. Det var Lolu som varnat gruppen och gett dem tid att hitta ett bra ställe där de kunde försvara sig.

Kurt satte sig tungt ner och lutade sig mot ett stort träd. Hans ena bröstplatta hade en kraftig buckla. Joanne stirrade som förhäxad på den böjda stålplåten.

– Vad var det den kastade för något? frågade hon.

Kurt ryckte bara på axlarna samtidigt som han fingrade på plattan.

– Inte en aning men de jäklarna måste ha bra kastarmar för det gjorde ont som tusan.

Lisa sneglade ner på bröstplattan som visade var träffen tagit.

– Den kastade ingenting, det var skugglöparens tunga som träffade dig. Den försökte spetsa dig med den för att sedan dra dig till sig. Den där fulingen, hon pekade mot ett av de runda kadavren, är det största av alla djur som fångar sin mat med tungan. Det är precis som de flesta grodor och ödlor gör, lade hon till som om det skulle förklara allt.

Joanne kunde inte låta bli att ställa en fråga.

– Vad då, är deras tungor täckta av klister eller något?

Lisa skakade sakta på huvudet och drog efter andan innan hon fortsatte.

– Längst ut på tungan har de en hård broskspets med hullingar. Utan kroppsskyddet hade den slagit in i Kurts bröstkorg och ögonblicket senare dras tungan tillbaka. Så snart varelsen hade fått honom inom räckhåll skulle den satt tänderna i honom. De är mycket effektiva mördarmaskiner, sa hon och sparkade till det stenliknande kadavret.

Det snurrade i huvudet på Joanne: Morfar hade alltså haft rätt hela tiden. Han hade talat sanning och hon hade varit övertygad om att han hade varit galen. Skammen som sköljde över henne var gränslös. Hon hade även efter den vänlige gamle mannens död talat om honom som en galen tok. Hur hade hon kunnat håna minnet av den man som fostrat och älskat henne bara för att andra hade sagt att hans berättelser varit lögner?

Försiktigt gick hon närmare det äggformade trollkadavret. Det hade rullat ihop sig och såg ut precis som en sten. En sten som det satt en pil i. Med svärdsspetsen petade hon på kadavret och det hördes ett raspande ljud.

Hon såg bort mot Lisa och den outtalade frågan blev hängande i luften.

– De stelnar ganska snabbt. Sticker du ett troll med ditt svärd så får du se till att dra ut det snabbt, annars fastnar det.

– Men det både ser ut som och känns som en stor sten. Hur i hela friden, är de gjorda av sten?

Den något naiva frågan fick Lisa att le.

– Nej, men när de dör drar de ihop sig och när de kallnar förstenas de. Om du visste hur många trollkadaver du gått förbi utan att se dem. Tänk då på att du ändå av någon anledning har lättare med sanningen än en vanlig trygg. Du verkar ju trots allt se dem för vad de är. Hur kan det komma sig förresten? Har du någon gång tränats för det här?

Joanne log lite inåtvänt när hon svarade:

– Det måste bero på min underbara morfar. Det var han som tog hand om mig och som berättade de mest fantastiska historier om troll och trolljakter.

Lisa fick ett också ett leende i ansiktet när hon tänkte på Jan och hans berättelser. Sedan mulnade hon hastigt när hon kom på att hon fortfarande var sur på honom. Men bra historier kunde han allt berätta även om han också var en skitstövel och en lögnare.

Joanne avbröt Lisas funderingar med ytterligare några frågor.

– Vart tog resten av de där vidriga varelserna vägen? Vart

kommer de ifrån? Är det här verkligen riktiga troll och inte några utomjordingar?

Det var Kurt som svarade och fick Joanne att häpna ännu en gång.

– Det är troll, och de har funnits här längre än vi människor. Dessutom finns det ännu värre saker i världen som du förmodligen inte heller känner till, drakar.

Joanne skrattade ofrivilligt till.

– Nu måste ni väl ändå driva med mig?

Frågan fick Kurt att se allvarligt på henne samtidigt som han skakade på huvudet.

– Du har väl hört att de andra kallat mig för drakjägare? Jag är inte särskilt bra på det vi gör just nu. Det här är inte min typ av jakt. Jag och min pojk, ja, det är honom vi letar efter, jagar drakar. Vi letar upp och dödar drakar som är där de inte får vara.

Joanne såg i det närmaste svimfärdig ut. Hela hennes världsuppfattning rasade samman den här dagen. Hon var dock inte helt säker på att hon tyckte att det var något dåligt. Hon hade precis fått en kort inblick i en helt annan värld med en helt annan sanning. Nu ville hon förskräckligt gärna bli en del av den världen.

Josh stretade vidare längs den upptrampade stigen när han plötsligt böjde sig ner och studerade marken. Det fanns spår efter människor i leran. De kunde inte vara mer en högst en timme

gamla. Hade de varit äldre hade regnet spolat bort dem vid det här laget. Han fick något förtvivlat i blicken när han insåg att Jan och Tom försökte få ut byborna på egen hand. Bakom honom klafsade Örnöga på med ett fåraktigt flin i ansiktet. Den skelögda mayakrigaren verkade märkligt oroad över att Josh hade strängat sin båge. Faktum var att han ojade sig mer över det än över möjligheten att de kunde springa in i skugglöpare. Egentligen så var väl sannolikheten större att skugglöparna skulle springa in i dem men resultatet borde hur som helst bli detsamma.
Örnöga mumlade osammanhängande bakom honom och verkade bli alltmer irriterad. Krigaren hade också sin båge strängad och klar men verkade inte särskilt orolig. Det var något konstigt med Örnöga. Josh hade svårt att sätta fingret på vad det var. Han hade haft med naturfolk att göra förut och de hade alla varit mästare på att röra sig ljudlöst. De kunde röra sig tyst som vinden och hitta varje liten stig i djungeln. Mayakrigaren verkade inte riktigt passa in i den här skogen. Han lät på tok för mycket och hade gång på gång lett dem åt fel håll.

Ett fräsande ljud som ackompanjerades av ett svagt brummande väckte honom ur hans funderingar. Handen for upp i ett stopptecken och han stod som fastfrusen ett ögonblick. Jodå, odjuren hade hittat dem och visste var de var. Josh svor tyst för sig själv, han visste vad som nu skulle hända. Han hade hört det här ljudet förut och han hatade vad det betydde. De var upptäckta och minst en skugglöpare gömde sig i närheten. Han pekade stressat upp mot en liten höjd där buskarna var låga och lite solljus silade in genom trädkronorna.

– Upp där skynda på. Vi har ingen tid att förlora.

Han jagade på Örnöga samtidigt som han vred huvud fram och tillbaka för att försöka se var odjuret gömde sig. Som en radar sökte han av den täta vegetationen framför dem. De klarade sig ut i den lilla gläntan innan besten nådde dem. Naturligtvis berodde det på att odjuret sprungit runt gläntan i stället för att anfalla. Josh stod lätt framåtböjd med benen brett isär. Bågen var till hälften spänd och han spanade intensivt mot de närmaste buskarna.

– Vad håller du på med?

Örnöga slog ut med armarna och lät uppriktigt förvånad. Josh lyssnade inte utan letade efter minsta rörelse bland snåren.

– Håll koll på din sida. Så fort du ser en skugga skjuter du, väste han tyst till svar.

– Men, de är våra vänner. Du tänker väl inte skjuta våra rymdvänner?

Örnöga skrek anklagande och hans röst ekade i skogens tystnad. Josh morrade med sammanbitna tänder utan att ta blicken från buskagen.

– De är inte våra vänner, och de är inte från rymden heller för den delen.
Han sneglade oroligt över axeln mot den uppenbarligen helt galne krigaren. Med oro speglad i ansiktet vände hans sig åter mot gläntans ytterkant. Under ett gigantiskt ormbunksblad såg han den plötsligt. Först som en brummande skugga och sedan helt tydligt. Han spände bågen och släppte pilen utan att tveka. Med sin lediga hand sträckte han sig efter ännu en pil när något slog in i hans rygg. Luften slogs ur hans lungor och det svartnade för ögonen. Josh ben vek sig som överkokt spagetti och han föll. Innan allt blev svart kunde han åtminstone glädjas åt att han hunnit släppa pilen. Josh hade sett besten rulla ihop sig och bli stilla. Det sista han hörde innan medvetslösheten tog honom var Örnöga som ropade:

– Hallå, det är säkert att komma fram nu. Den dumma mannen kan inte skada er längre. Var inte rädda.

Jan såg oroligt upp mot de täta lövkronorna och försökte se solen. En obehaglig känsla av att de rörde sig för långsamt gnagde inom honom men de utmattade skådespelarna skulle inte klara av ett högre tempo. Han ursäktade sig när han rusade förbi den slingrande linjen med bybor, eller rättare sagt skådespelare. Det var oundvikligt att han då och då råkade stöta till någon av dem.

– Tom, vi kommer inte att hinna fram i dag. Håll ställningarna här ett litet tag så ska jag försöka hitta ett bra träd att övernatta i. Hans ville hitta ett träd som var stort nog för hela gruppen. De skulle inte ha en chans att skydda alla dessa människor om de blev tvungna att dela på sig. Med sviktande steg försvann han ut i djungelns täta grönska. Den av filmrullar överfulla väskan skumpade rytmiskt på hans rygg. Människorna som gick närmast bakom Tom stirrade efter Jan när han med fladdrande rock och viftande svärdsskida försvann längs stigen. De verkade på något egendomligt vis tycka att det var helt okej att en man med svärd och en gräsligt ful hjälm ledde deras uttåg ur denna dödens dal. Tom såg oroligt efter mannen som han beundrade nästan lika mycket som han beundrade sin pappa. Jan verkade helt oberörd när han helt ensam kastade sig ut i detta inferno av moster och odjur. Tom hoppades att han själv skulle kunna vara lika modig när han blivit dubbad till jägare.

Jan hade sprungit ett par hundra meter innan han såg ett träd som verkade lovande. Det stod en liten bit från stigen uppe på en låg kulle. Trädets krona stack upp högt över de andra träden. Han drog sitt svärd och började hugga ner de enorma ormbunkarna för att göra en väg åt den utmattade gruppen. Han hade hittad det han sökte och slappnade märkbart av då han bara behövde röja bort lite buskar för att hålla dem säkra en sista natt inne i dalen.

11 Fällan slår igen

Lisa grymtade irriterat när hon synade den märkliga konstruktionen. De hade följt stigen och plötsligt hade den bara stått där. När hon resolut tagit ett par steg ut i djungeln för att gå runt hade hon klivit rakt in i ett tunt men starkt nät. Lisa såg förvånat först åt ena och sedan åt andra hållet. Nätet vindlade sig ut i djungeln och verkade inte ha något slut. Hon väntade in de andra innan hon viskande frågade om de visste vad det var för en tingest. Kurt hade ju varit i lägret betydligt längre tid än hon själv.

– Kan översten ha satt ut den här saken? frågade hon med höjda ögonbryn.

Lisa var ganska säker på att den mexikanska armén inte vågat sig in i dalen. Kurt synade konstruktionen innan han svarade.

– Jag har inte en aning. Vi har inte varit så här långt in i djungeln förut. Det ser inte ut som militära prylar.

Joanne synade nätet som var fäst i burens sida. Det fortsatte ut åt båda håll. Djungelns grönska var så tät att det var omöjligt att se var nätet slutade. Hon petade på det svajande nätet och viskade:

– Jag vet inte vem som riggat den men det ser ut som en klassisk fälla för att fånga djur i. Den ser lite för avancerad ut för att tillhöra lokalbefolkningen. Maskorna i nätet var så täta att inte ens

Lolu lyckades slinka igenom. Hunden hade efter en viss tvekan följt nätet åt vänster och resten av gruppen följde efter. Marken sluttade lätt uppför så Lisa fick en känsla av att de var på väg mot dalens ena kant. Försiktigt och med en vaksam blick genom maskorna fortsatte de att följa avspärrningen. Förr eller senare måste nätet ta slut och då kunde de ta sig förbi.

Bakom dem hördes ett svagt fräsande ljud. Det var faktiskt Joanne som märkte det först. Hon tvärstannade och väste tyst åt de andra.

– Lyssna, visst är det samma ljud som vi hörde förra gången när blodsugarna närmade sig?

De andra frös i ögonblicket och stod helt stilla. Genom lövverket kunde de höra ett fräsande ljud som med jämna mellanrum hade ett svischande inslag. Lisa lade huvudet på sned och lyssnade koncentrerat. Bågen hade hon redan i handen. Det var som om den alltid funnits där.

– Nej, det är inte samma ljud. Det låter som om någon hugger sig fram genom tät vegetation.

– Jaha, suckade Joanne lättad. Då måste det vara antingen Jan eller Josh. Jag tror inte Ax vet hur man hugger sig fram i djungeln.

Kurt harklade sig tyst och rättade henne.

– Det kan faktiskt vara Tom också. Han är här ute någonstans och han är duktig på att svinga en klinga. Är han bara i livet så…

Kurt visste att Toms chanser att överleva i en trollförpestad dal var små men han tvingade sig att fortsätta hoppas. Hela hans livsvilja hängde på att Tom fortfarande levde. Han skulle inte orka fortsätta att andas om pojken inte klarade sig. Lisa rynkade ögonbrynen när hon hörde hur Kurts röst darrade av känslor. Med onödig skärpa lade hon sig i hans resonemang.

– Han lever! Han lever för att han måste det. Den jäkeln har ett och annat att förklara när jag träffar honom. Han slutade ringa bara så där. Kan ni fatta? Inte en antydan till att något var fel och så slutar den drummeln att svara på mina samtal. Jag tycker inte att det är för mycket begärt att han åtminstone förklarar varför.

Hennes röst vibrerade av återhållna känslor och en viss osäkerhet kunde skönjas bland orden. Joanne insåg att flickan i den glittrande rustningen var med på det här uppdraget för att hon var kär i den försvunna pojken. Hon var hopplöst förälskad men hade inte en aning om hur hon skulle visa det. Jösses, hur gammal var Lisa egentligen, 16–17 år? Hur Kunde en flicka i den åldern vara så otroligt naiv när det kom till pojkar? Joanne tänkte att om Lisa kunde lära henne hur man jagade troll så kanske Joanne kunde lära ut ett och annat om hur man snackade med män. Den här tjejen verkade inte ha en aning om hur hon skulle bete sig för att få den där killen att förstå hur mycket hon tyckte om honom. Joanne hade en del knep i sin kvinnliga verktygslåda som skulle kunna komma till användning.

Josh vaknade av att en mygga stack honom i nacken. Först förstod han inte vad som hänt. Hade han svimmat? Hans blick flackade förvirrat runt i den lilla gläntan innan den fastnade på ett runt föremål som låg inne bland ormbunkarna. En äggformad sten med en pil som stack upp från dess topp. Han kravlade snabbt upp från marken och kom på fötter. Han hade skjutit en skugglöpare för att sedan bli nerslagen av en annan, eller? Hur kom det sig då att han inte var död? Vad hade hänt med Örnöga, hade han också blivit träffad? Josh försökte komma åt stället där han blivit träffad men han nådde inte. Han var öm mellan skulderbladen men verkade i övrigt oskadd. När hans blick återfått skärpan undersökte han marken i den lilla gläntan. Han såg var han stått när han blev träffad och han såg också var Örnöga befunnit sig.

Marken mellan de båda fotspåren var överströdd av tunna träflisor. Först förstod han inte var de kom ifrån men när han satte sig på huk och undersökte dem noggrannare klarnade det. Han kom plötsligt ihåg att Örnöga ropat något. Stickorna som låg i leran kom från en pil som träffat något hårt och splittrats. Josh drog häftigt efter andan när han väl förstod. Den galna mayakrigaren hade skjutit honom i ryggen. Dumskallen måste ha skjutit honom för att skydda skugglöparen. Trodde dåren verkligen på fullaste allvar att de fula bestarna kom från en annan planet? Han hade faktiskt nämnt att utomjordingar skulle komma till jorden och rädda mayafolket. Var Örnöga övertygad om det kunde han ställa till med vad som helst. Josh var tvungen att hitta Jan och resten av gruppen. Den tokiga krigaren kunde mycket väl få för sig att försöka hindra Jan från att föra ut byborna ur dalen. Han måste hitta och varna Jan innan mayakrigaren nådde fram. På inte helt stadiga ben satte han fart längs den slingrande stigen i hopp om att han inte skulle komma för sent.

Tom försökte skynda på den lilla karavanen när han plötsligt stelnade till. Ett svagt brummande hördes någonstans till vänster om honom.

– Skit också, mumlade han olyckligt.

Ensam hade han ingen möjlighet att rädda alla dessa människor. Han såg sig omkring i hopp om att hitta en plats som lämpade sig för att samla gruppen. I sitt huvud hörde han Jans mörka och lugna röst: ”Ta dig upp i ett träd. Där är det säkrast. Hittar du inget bra träd så försök att hitta en öppen och ljus plats. Troll skyr ljusa platser”.

Tom fick något desperat i blicken när han insåg att det förvisso fanns träd i överflöd runt omkring dem men inga som det gick att klättra i. Någon öppen plats fanns det inte heller. Djungelns grönska trängde sig ända fram till stigens kanter. Han funderade på att sätta fart på flyktingarna och springa men Jan hade sagt att det var omöjligt att springa ifrån en skugglöpare. Det bästa är att smyga, hade han sagt. Tom vände sig försiktigt om och visade med handen att de skulle stanna och vänta. Han hukade sig och försökte spana in i skuggorna vid sidan av stigen. Något var konstigt med det brummande ljudet. Det lät inte riktigt på samma sätt som de han hört förut. Vad det än var så rörde det sig betydligt långsammare än de odjur han stött på tidigare. Någonting var fel men Tom bestämde sig för att ta det säkra före det osäkra. Han smög längs ledet och knuffade försiktigt in de vettskrämda skådespelarna i buskagen, en efter en. När han stod bredvid May som var den sista pekade han på en stor buske och viskade att hon skulle gömma sig. Hon såg misstänksamt på honom en lång stund innan hon slutligen lydde.

Tom hade inte en aning om hur effektivt det var att gömma sig för en skugglöpare men han visste inte vad han annars skulle göra. Flyktingarna tryckte som små andungar vid sidan av stigen samtidigt som brummandet och knakandet kom allt närmare. Med en försiktig rörelse drog han en pil ur kogret och lade den på bågen. Han önskade intensivt att Jan skulle skynda sig tillbaka.

Utan honom visste han inte vad han skulle ta sig till. Sammanbitet förbannade han sin dumhet. Hur kunde han tro att han skulle klara av allt som trolljägare klarade bara för att han var kär i en. I just det här ögonblicket stod det klart att han inte hade deras färdigheter.

Lolu hade förvisso försvunnit åt andra hållet men Lisa tvekade, det var någon som högg sig fram genom djungeln alldeles i närheten av stigen. Varför gick inte denne någon där det var som lättast? För att nätet spärrade vägen, eller för att denne någon inte kände till stigen? Hon visslade lågt till de andra och nickade ner mot den stora stålburen.

– Vi går igenom nere vid stigen och fortsätter upp på andra sidan. Jag vill veta om det är någon som kan behöva vår hjälp.

Då både Joanne och Kurt bara såg frågande på henne fortsatte hon:

– Ljudet, den som hugger sig fram kan behöva hjälp att ta sig härifrån.

Joanne nickade instämmande men Kurt såg mest ut som om han ville fortsätta uppåt längs nätet. Han ryckte uppgivet på axlarna och följde moloket efter när de andra vände och gick tillbaka mot stigen. Lisa gick först och överraskades av att det hördes ett ljud när hon satte ner foten. Hon tvärstannade och såg förvånat ner på sin fot.

– Det ligger något här, viskade hon och pekade ner mot marken. Gömd under ett tunt lövtäcke låg en kraftig stållucka. Hon kände försiktigt med foten runt sidorna och upptäckte ganska snart att liknande plåtar låg dolda på alla sidor. Hon nickade för sig själv när hon förstod. Öppningen mellan näten var en bur som var öppen på två sidor. Klev någon in i buren åkte först ett par galler ner och sedan slog plåtarna upp och låste konstruktionen. Det här var ingen vanlig fälla. Det var en fälla som designats så att ingen skulle kunna se vad som fångats. Hon sneglade mot Joanne och viskade:

– Det här är en ytterst ovanlig fälla och jag tror att den är till för ovanliga saker. Jag slår vad om att den tillhör er.

Hon pekade på Joanne som rodnade av den outtalade anklagelsen.

– Jag har ingen aning, jag har aldrig sett en sådan här förut.

Joanne slog upprört ut med händerna innan hon hejdade sig. Det syntes i hennes ansikte när hon plötsligt förstod hur det låg till.

– Ax, det måste vara Ax som riggat den här grejen.

För en sekund såg det ut som om hon tänkt ropa efter honom men sedan hejdade hon sig. Med en fundersam min tänkte hon efter ett ögonblick.

– Jag tror att han befinner i närheten men det finns en risk att han har tappat förståndet så vi bör nog hålla oss borta från honom.

Lisa pekade med bågskalmen upp mot en höjd.

– Vi kanske ska försöka ta oss upp i det där trädet och se om vi kan se var han är?

Uppe på höjden stod ett gigantiskt träd som var betydligt högre än de övriga. Att det dessutom växte högst upp på höjden fick det att se extra majestätiskt ut. De andra nickade stumt till svar innan de började klättra. Försiktigt och tyst fortsatte de upp mot höjdens krön.

Josh sprang så fort han kunde: Jag skiter i alla troll i världen, tänkte han. Den farligaste varelsen i den här skogen är den förbaskade mayakrigaren och hans tokiga idéer om utomjordingar. Plötsligt vek stigen tvärt av och i den blöta leran klarade han inte av att ta den oväntade svängen. Hans fötter for undan som om han trampat på en tvål och han dundrade huvudstupa ut i spenaten. Med en dov duns skramlade han rakt in i en vettskrämd kvinna som låg och tryckte under några stora blad. Den stackars kvinnan skrek hjärtskärande av skräck när han kom farande. Josh försökte få sin förvirring under kontroll samtidigt som han försökte få tyst på den hysteriska kvinnan. Han lyckade något så när med det ena men misslyckades kapitalt med det andra. Ett panikslaget skrik i en i övrigt ovanligt tyst djungel är som att ringa i matklockan för eventuella skugglöpare som kunde finnas i närheten. Situationen blev inte bättre av att det plötsligt for upp skrikande kvinnor och uppskrämda barn från varenda buske. Josh häpnade, det kändes som om han sparkat på ett getingbo.

Tom kastade sig ut ur buskarna med bågen spänd. Han siktade mot platsen där Josh fallit och såg mer än lovligt vild ut.

– Tom, det är jag, skjut inte! Josh vrålade för att överrösta de nu hysteriskt skrikande människorna omkring honom.

Med ett ryck drog han av sig hatten och viftade med den i luften.

– Här borta, jag är här!

Lättad såg han hur Tom släppte av på den spända bågen. De vilt flyende kvinnorna skrek fortfarande men i övrigt hade de inte åstadkommit någon större framgång i sin flykt. De hade sprungit rakt ut i djungeln och den var i det närmaste ogenomtränglig. En efter en kom de osäkert staplande tillbaka till stigen. Josh suckade lättad och log för första gången på länge. Han hade hunnit före den galna mayakrigaren och då var nog den värsta faran över. Nu skulle nog allt med lite tur lösa sig. Den mexikanska arméns läger låg nära och det skulle ta högst en timme om de fick gå ostört. Han hann knappt tänka tanken innan allt gick åt skogen. Ett knak var det första Josh hörde innan han fick en rejäl smäll rakt i bröstet. Oförberedd och fortfarande lite yr snubblade han baklänges. Leran gled under hans boots och han föll. Hans bakhuvud träffade en rot och Josh slocknade för andra gången den här dagen. Den här gången verkade han bli kvar i leran.

Tom hade försökt lokalisera det brummande ljudet när det plötsligt blev ett himla liv en bit ner längs stigen. En av hans skyddslingar skrek plötsligt gällt och synnerligen högt. Han drog strängen till örat och kastade sig ut på stigen. Med bågen spänd svepte han vapnet från sida till sida och var bara en blinkning ifrån att skjuta när han plötsligt hejdade sig. En brun varelse stod och vinkade åt honom med något. Han stirrade länge på figuren innan han slutligen kände igen mannen. Den amerikanska trolljägaren var helt täckt av lera och var inte helt lätt att känna igen. Hade Josh inte vinkat med hatten så hade Tom förmodligen skjutit. Något knakade bakom honom och han sneglade försiktigt över axeln. Ut på stigen klev Örnöga med bågen i högsta hugg. Tom slappnade av och log. Han vinkade igenkännande åt krigaren och leendet blev bredare. Det stelnade dock snabbt när krigaren spände sin båge och sköt. Pilen visslade förbi Tom och fortsatte ner längs stigen. Snabbt som blixten spände Tom återigen sin båge och vände sig för att se vad Örnöga skjutit mot. Han var beredd på det värsta men såg ingenting alls. Förbryllad reste han sig och släppte ännu en gång av på strängen. Var i hela fridens namn hade Josh tagit vägen? Det var May som bröt förtrollningen när hon i förtvivlan skrek från sitt gömställe.

– Robert, sluta upp med de där dumheterna nu. Du är för tusan ingen riktig mayakrigare.

Tom såg hennes vilt uppspärrade ögon stirra bort mot den plats där Örnöga stod. Någonting var fel. Tom kunde ana det men han kunde omöjligt komma på vad det var. Det var så många frågor som hopade sig. Vad hade Örnöga skjutit på? Vart hade Josh tagit vägen och vem i hela friden var Robert? Det hade bara funnits en vuxen man i trädkojorna och det var Örnöga. Barnen hette John och Ross så vem var Robert? Det var först när Örnöga sträckte sig mot sitt koger för att dra åt sig en andra pil som det började gå upp för Tom. Robert måste vara en av skådespelarna. Men om det bara hade funnits en vuxen man i lägret så betydde det att skådespelaren Robert och mayakrigaren Örnöga var en och samma person.

Tom vände sig sakta och såg förfärat på krigaren. Mannen stod med ett skevt leende och letade efter en ny pil i sitt redan tomma koger. Tom lät tveksamt blicken återvända ner längs stigen igen. Vid foten av ett träd såg han en svart stövel sticka ut ur en buske. Josh låg ner och verkade skadad. Tom hann inte längre i sina tankar innan han fick en överraskande hård tackling och tumlade omkull. Mayakrigaren lutade sig över honom och ryckte åt sig hans två sista pilar. Med vad som lät som ett krigsrop kastade sig galningen ut i djungeln och försvann. Han brummade ljudligt som om han försökte locka till sig de blodsugande skugglöparna.

Jan hade huggit upp en ganska bred stig i det täta lövverket när hans svärd plötsligt studsade mot ett uppspänt nät. Han stannade förvånat upp och såg förbluffad på nätet som spärrade hans väg. Han följde det med blicken först åt höger och sedan åt vänster. Förmodligen gick det hela vägen ner till stigen, kanske ännu längre. Åt andra hållet hörde han en forsande flod så nätet borde sluta i närheten av floden. Han hade naturligtvis kunnat hugga sig rakt igenom men någon hade lagt ner mycket energi när de satte upp det här. Det kunde mycket väl vara översten som använde det som lite extra skydd åt sina män. Han lät nätet förbli helt och valde i stället att gå mot floden för att komma runt det. För ett ögonblick tänkte han ropa efter Tom och flyktingarna men ångrade sig. Han visste ju inte med säkerhet att det gick att komma fram borta vid floden. Efter en liten stund klämde han sig mellan nätet och en enorm gammal trädstam. När han lät handen glida längs nätets linjer försvann plötsligt marken under hans fötter. Undervegetationens kraftiga grönska och slingrande växter hade dolt den tvära ravinens kant. Jan lutade sig förvånat ut över stupet och stirrade ner i djupet. Ravinen följde dalens stäckning som ett fult ärr och långt under honom forsade en vild flod fram. Vattnets nötande krafter hade under årtusenden skurit sig ner genom marken. Ljudet hade lurat honom att tro att han skulle kunna se floden när han var i närheten. Nu hängde han i stället i nätets sista maskor och dinglade över avgrunden. Han kunde inte låta bli att skrocka när han tittade ner. Nätet var fäst i några utstickande grenarna som sträckte sig ut över stupets kant. Han klarade med lätthet att klättra runt så att han hamnade på andra sidan av det uppspända nätet. Det var när han stod och funderade på om resten av hans sällskap skulle klara av klättringen som han hörde skriket. Dånet från floden dränkte det mesta av ljudet men han hörde tydligt det panikslagna ljudet av en kvinna i nöd.

Jan tvekade inte en sekund. Svärdet skar med ett enda hugg rakt igenom nätets maskor. På två steg var han tillbaka vid den gigantiska trädstammen och hoppade vigt upp på den. Det knakade ljudligt i hans leder när han sträckte på sig för att se vad som hände nere vid stigen. Han stannade uppe på stocken och spanade oroligt ner mot stigen. Hela hans kropp doldes av buskar och ormbunkar men han kom i alla fall upp så högt upp att han fick upp huvudet över grönskan. Ett huvud som bar en ful hjälm full med spetsiga taggar. Regnet hade upphört och endast några dimslöjor störde hans sikt. Jan var så fokuserad på skriken nere vid stigen att han inte ens registrerade de första knallarna. Det var när hans svärd plötsligt exploderade och kastade glimmande skärvor åt alla håll som han förstod att någonting konstigt höll på att hända. Med mållös förvåning såg han tvivlande ner på sin sargade klinga. Han hade använt samma svärd i tvåhundra år och nu var det plötsligt förstört. Det hade brutits av strax under det lilla rombrutiga hålet. Han vände sig både tveksamt och häpet om och försökte se vart de höga smällarna kom ifrån. Precis när han hunnit vända sig helt om inträffade katastrofen. En brutal smäll i bröstet fick honom att ragla baklänges. Den vänstra bröstplåten slets loss från hans skinnrock och slog upp ett djupt sår i hans kind. Det tog ytterligare någon sekund innan hjärnan reagerade på den förlamande smärtan som gick som en chockvåg genom kroppen. Jan föll raklång ner från stocken och gled lealös vidare ner mot ravinens kant. Halvt medvetslös krafsade han kraftlöst efter de taggiga slingerväxterna. Han lyckades för en liten stund hålla att sig kvar. Förtvivlat försökte han förstå vad det var som hänt men tankarna var dimmiga och ville inte låta sig styras. Han hängde med överkroppen över ravinens kant och långt under honom dånade floden. Ofokuserade ögon följde en röd rännil längs ärmens sida: Blod? Var det blod som rann längs hans obrukbara vänsterarm?

Kanske ville hans hjärna bara ge honom en sista värmande tanke innan mörkret tog honom eller också hörde han det på riktigt. Han tyckte för ett ögonblick att han hörde Lisas röst. Det sista han uppfattade innan allt blev svart var hans älskade dotters röst som ropade det bästa ord han visste: ”PAPPA”. Hans mun drogs ut i ett snett leende när han hörde sitt favoritord upprepas om och om igen. Hon lät inte det minsta arg den här gången. Det borde betyda att hon hade förlåtit honom. Ett leende spelade fortfarande på hans läppar när greppet runt rankorna blev slappt och mörkret och tystnaden tog honom. Jans kropp gled långsamt ut över ravinens kant och försvann. Kvar på den blodstänkta marken låg ett trasigt svärd och en genomborrad bröstplatta som tidigare suttit på en trolljägares rustning.

Ax hade sovit djupt, fortfarande hängande över den tunga kulsprutan. Det var de hysteriska skriken som väckt honom. Han hade vilt stirrande osäkrat sitt vapen och försökt förstå vad det var som hände. Det knarrade lätt om vapnets vagga när han vred det fram och tillbaka samtidigt som han spanade genom siktet. I teorin visste han vad han letade efter, en varelse som hade läderartad hy och taggar på huvudet. Från bilens flak högt uppe på kullen hade han en ganska bra överblick över stigen. Han såg hur folk sprang som yra höns åt alla håll och hur någon sköt med en pilbåge. Förmodligen var det en av de där konstiga människorna från lägret. Blicken svepte vidare över de yviga buskarna när han plötsligt såg den. Utomjordingen försökte lura honom och hade lyckats med att ta sönder nätet. Hade han inte sett den nu hade den förmodligen kommit undan. Korta vassa tagga spretade ut åt alla håll från dess fula huvud. För en sekund tappade han den ur sikte men så dök plötsligt huvudet upp igen, den här gången på andra sidan av nätet.

– Okej, går du inte in i fällan frivilligt så får jag väl tvinga dig, mumlade han för sig själv.

Han tyckte in kulsprutans avtryckare och det kraftfulla vapnet dunkade ur sig död och förintelse. Med ett hysteriskt skratt fortsatte han att skjuta tills ammunitionen till sist tog slut. När den sista tomhylsan slutat klirra mot bilens golv och tystnaden åter sänkte sig stirrade han i förundran ut över den nu ganska sönderskjutna djungeln. Det rasslade fortfarande både här och där av grenar och kvistar som avskjutna föll till marken. Förstummat stirrade han mot platsen där utomjordingen stått. Den var tom, vilket förmodligen betydde att den nu låg ner. Han hade skjutit en utomjording, han hade faktiskt… En röd liten lampa började plötsligt blinka på fällans instrumentpanel och avbröt hans tankar. Han såg på den i några sekunder innan han förstod och spontant började jubla. Fällan hade slagit igen och registrerade att den innehöll någon form av levande varelse. Han hade inte dödat utomjordingen, han hade fångat den. Hans väg till ett toppjobb inom CIA låg öppen. Han hade lyckats!

Det finns många olika grader av galenskap i världen men en av de värsta är nog den där den galne själv inte förstår att han är galen. Förvisso är det tyvärr också den absolut vanligaste formen av galenskap. Att Ax tillhörde den kategorin av galningar var nu ställt utom alla tvivel. Han stod uppe på bilens flak och dansade ryckigt samtidigt som han högt sjöng den gamla slagdängan *The Yellow Rose of Texas*. I sin egen förvirrade lilla värld var han just nu den smartaste människan av alla. Det var han som hade gjort det ingen annan kunnat. Han hade fångat en utomjording. När fällan slagit igen hade sidorna täckts av de stora stålplåtarna så att innehållet doldes för omvärlden. Fällan var helt täckt från alla håll med undantag för några lufthål i taket. Den hade automatiskt lyfts upp och hängde högt över marken och dinglade i sin upphämtningsposition. Han skrattade högt av förtjusning när han såg att signalen för upphämtning redan aktiverats.

Lampan som satt högst upp på fällan blinkade bara om det fanns en helikopter med spårningssystem i närheten. Hans meddelande om att han när som helst skulle avsluta uppdraget hade tydligen nått CIA:s högkvarter. De hade skickat en helikopter för att hämta hans fångst. Runt omkring honom var det totalt kaos men han märkte inget av det. Han var helt uppslukad av att han lyckats fånga en utomjordisk varelse. När väl verkligheten gjorde sig påmind gjorde den det på ett mycket smärtsamt sätt.

De hade precis kommit upp på kullens krön när katastrofen skedde. Nere på stigen, på andra sidan av den där konstiga buren skrek en kvinna i vild panik. Kurt stannade och lyssnade samtidigt som Lisa och Joanne satte fart upp på krönet. Från den lilla gläntan uppe på höjdens topp såg de stigen som ett brunt spår genom den i övrigt gröna skogen. Det var först bara en människa som skrek men inom några ögonblick förvandlades den relativt lugna scenen till en kokande kittel av kaos. Från ingenstans hoppade folk fram ur buskarna och sprang planlöst runt åt alla håll. Joanne stannade andfådd bredvid Lisa och pekade ner mot stigen.

– Borde vi göra någonting åt det där?

Lisa hörde henne inte utan stirrade upphetsat på en figur i en smutsig svart rock. Med glädjetårar i ögonen pekade hon ivrigt mot stigen.

– Tom, det där är Tom. Vi har hittat honom!

Hon vände sig mot Kurt som långsamt kom upp bakom dem. Hon skulle precis tala om för honom att de lyckats hitta hans son när något annat fångade hennes uppmärksamhet. Nätet på den här sidan av buren var trasigt, det slackade borta mot kanten och ett stort hål visade att någonting tagit sig igenom. Först trodde hon att det var en skugglöpare som slitit upp nätet men sedan såg hon något som fick henne att le. Upp mellan ormbunksblad och yviga buskar tittade plötsligt ett hjälmklätt huvud upp. Hon visste precis vem det var som bar den hjälmen. Ingen annan i hela världen skulle någonsin sätta på sig en så gräsligt ful huvudbonad. Lättad skrattade hon och skakade roat på huvudet. Jan hade hittat Tom och alla verkade vara okej. Han måste stå på något, tänkte hon och log bredare. Det såg ut ungefär som när en jordekorre tittade upp ur sitt hål. I nästa sekund fastnade skrattet i halsen och hon frös till is. Från andra sidan av det enorma trädets stam började plötsligt en kulspruta att dunka. Hon såg hur Jan vinglade till för att sedan som i förvåning vända sig om och stirra upp mot kullen. Hon kunde se hur han kastades bakåt och hur ett rött dis färgade luften runt hans kropp. Innan hon riktigt förstått vad som hänt sprang hon. Hon sprang som en galning och skrek i vild förtvivlan:

– PAPPA!

Joanne var den enda av de tre som reflexmässigt kastat sig till marken när kulsprutan börjat väsnas. Hon var tränad för att hantera militära problem, så när smällandet slutligen tystnade sköt hon sig upp på fötter och rusade mot den enorma trädstammen. Hon hade redan förstått vem som skulle finnas bakom vapnet, så när hon såg

Ax blev hon inte förvånad. Hon blev däremot otroligt förvånad över att se honom sjunga och dansa som en komplett galning. Med blixtrande ögon vrålade hon som en besatt:

– Fattar du vad du har gjort din jäkla idiot!

Ax tvärstannade mitt i sitt firande och stirrade med kallt förakt ner mot henne. Med näsan i vädret och ett finger mot sitt bröst svarade han:

– Jag har gjort det du inte klarade av. Vi skulle fånga en utomjording och det är precis det som jag har gjort. Det jag som bestämmer nu, inte du. Nu är det jag som är Titanen.

Han lyfte båda händerna mot himlen och lutade huvudet bakåt innan han skrek så att det ekade över hela dalen.

– Jag är Titanen. Jag är den bästa av de bästa!

Det var faktiskt bland det sista han sa i livet. Det absolut sista han sa var: ”Ojdå”. Men det kommer vi till senare.

12 Slutstriden

I en skog som innehåller troll är det i allmänhet ingen bra idé att väsnas för mycket. Är det dessutom troll som ingår i nattmarefamiljen så är det direkt olämpligt, för att inte säga rent livsfarligt. Troll som sydamerikansk skugglöpare eller nordiskt kärrtroll ser varje ljud som en matklocka. De är inte sena med att undersöka om den som frambringar ljudet går att äta. Du kan ju tänka dig hur en skugglöparna i den här dalen reagerade på det totala kaos som för tillfället rådde runt fällan.

Josh var den första som märkte att något var på väg att hända. Han hade för andra gången på kort tid vaknat upp med en rejäl huvudvärk. Först förstod han inte vad det var han hörde. Ute på stigen ropade folk upprört till varandra och någon skrek högt och förtvivlat. Genom bruset av dessa röster hörde han ett annat och mer skrämmande ljud. Försiktigt vred han på huvudet och försöka förstå varifrån ljudet kom. Hans mod sjönk som en sten i vatten när han insåg att det kom från alla håll. Stödd på sin båge ställde han sig upp men höll genast på att ramla igen. Det snurrade i huvudet och han kände sig illamående. För att samla sig tog han två djupa andetag innan han skrek:

– Tom! De kommer! Sätt fart på folket och få dem att röra på sig. Det är enda sättet att rädda dem nu.

I nästa sekund ryckte det till på flera ställen av det långa nätet. Det fladdrade som trasiga segel en liten stund innan det föll till marken. Skugglöparna hade sprungit in i nätet och med sina vassa klor strimlat sönder det. Fler och fler brumningar hördes och det fräste bland buskar och snår när de vindsnabba varelserna omringade dem. Han tog ett sista djupt andetag innan han på vingliga ben började ta sig bort mot den rådville Tom. Om två jägare blev omringade skulle de i normala fall ställa sig rygg mot rygg för att täcka varandra. Nu hade de inte den möjligheten då deras huvuduppgift var att skydda de trygga som tryckte mitt på stigen. Josh var en tränad trolljägare som varit i tjänst nästan lika länge som Jan och han tänkte inte vika ner sig. Han skulle inte ge upp även om han i sitt innersta visste att deras möjligheter att överleva var lika med noll. Bistert drog han en pil ur sitt koger och väntade på att den första skugglöparen skulle visa sig.

På den andra sidan av den kurande lilla gruppen stod Tom, också han med en halvspänd båge. Där stod de, en gammal jägare och en ung lärling. De stod tålmodigt och väntade på att döden skulle visa sitt fula ansikte.

Lisa var snabb som en tanke och verkade nästan flyga fram i den svårframkomliga djungeln. Kurt hamnade snabbt på efterkälken även om han sprang så fort han kunde. Han klättrade igenom nätet och välte sig över den halvruttna jättestammen för att sedan tvärstanna. På andra sidan stod Lisa och i hennes ansikte kunde han läsa både chock och förvirring. Han var inte säker på hur det brukade se ut när en trolljägare dött men det kunde mycket väl se ut så här. En bruten klinga, en genomborrad bröstplåt och väldigt mycket blod. Han lyfte på huvudet och lyssnade, mellan Lisas förtvivlade snyftningar hörde han ett obehagligt ljud som fick håren på armarna att resa sig.

Han rörde lätt vid Lisas axel.

– Vi måste ta oss ner till de andra. Odjuren kommer från alla håll.

Han drog oroligt sitt lånade svärd och kontrollerade den lilla sotade träflisan i toppen. Vad var det nu som Jan hade sagt, sticka dem i bröstet eller hugga huvudet av dem? Kurt kände sig osäker. Det var det var något mer Jan hade sagt om just skugglöpare. Kurt vände sig om för att fråga men när han såg blodet slog det honom. Det gick inte att fråga Jan något alls längre. Mannen som suttit på den kunskapen var borta. Han kände sig som en usel jägare där han stod. Oroligt flackade han med blicken mellan den hysteriskt gråtande Lisa och stigen. Han kunde inte bestämma sig för vad han skulle ta sig till. Med en ljudlig suck bestämde han sig för att försöka ta sig ner till sin son. Till skillnad från Josh hade Kurt ännu inte förstått hur illa de låg till. Han visste inte att deras resterande liv borde räknas i minuter i stället för i år. Han slog ett prövande slag i luften och återfick lite av sitt självförtroende när han hörde klingans sång då den klöv luften.

Med tårfyllda ögon stirrade Lisa som förhäxad på det trasiga svärdet. Hon hade fortfarande ett gulnande blåmärke på ena armen efter det. Då hade det varit tungt och mäktigt och i händerna på en mästare. Nu låg det blodigt och trasigt framför hennes fötter. Hon var bedövad av sorg och hörde inte någonting av vad som hände runt henne. Något osäkert satte hon sig på huk och plockade med darrande händer upp den brutna klingan. I hjaltets nötta yta kunde hon fortfarande känna avtrycket av Jans hand. Det var med den här klingan som han hade lärt henne allt hon kunde. Han hade lärt henne allt och nu var han borta. Spåren var så tydliga; det platta gräset där han fallit, rankorna där han hade försökt hålla sig kvar och slutligen var han glidit över ravinens kant. I botten på den djupa klippravinen forsade en smutsbrun flod som fått energi och kraft från nattens våldsamma regn.

Hon ryggade plötsligt tillbaka när det slog henne. De sista ord hon sagt till den man som varit hela hennes värld hade uttalats i

vredesmod. Tårarna strömmade okontrollerat nerför hennes kinder när insikten slog henne. Det sista hon gjort hade varit att skälla på honom. Hon hade skällt på honom och vägrat att förlåta trots att han bara ljugit för hennes eget bästa. Han hade varit snäll och hon hade skällt ut honom för det. Kroppen knöt sig som i kramp och hon sjönk skakande ner mot marken. Lisa önskade att hon varit en bättre dotter. Om hon bara hade fått en chans till så skulle hon ha gjort allt annorlunda. Nu hade Jan dött utan att hon fått berätta mycket han betytt för henne. Hon hoppades att han förstått hur mycket hon älskade honom. Men hur skulle han kunnat vetat det? Allt hon besvärat sig hade varit att skrika åt honom.
Med det avbrutna svärdet i famnen grät hon tyst och tröstlöst. Allt hade blivit så fel, så fruktansvärt fel.

Det var över, Josh hade skjutit slut på sina pilar och det låg ett flertal runda stenliknande kadaver runt honom. Nu hade han bara sitt svärd kvar och att döma av hur det brummade och fräste runt honom i den skuggfyllda djungeln fanns det fortfarande massor av odjur kvar. På darrande ben backade han långsamt åt det håll där lägret borde ligga. Han vågade inte se sig om men han hörde att det var vild panik bakom honom. Toms röst skar då och då igenom skogens övriga oväsen. Pojken verkade fösa den lilla gruppen med flyktingar framför sig. Josh tog det som sin uppgift att hålla odjuren från pojkens rygg så länge som möjligt. Det hade för länge sedan gått upp för honom att han inte skulle överleva. Nåväl, han skulle inte vara den första trolljägaren som försvann under ett uppdrag. Med bister min bestämde han sig för att ta så många fula bestar med sig som möjligt innan hans tid var slut. Plötsligt överröstades djungelns alla ljud av en helikopters rytande. För ett ögonblick trodde Josh att helikoptern kommit för att rädda dem. Det häftiga vinddraget slog och fräste i de stora bladen. Grenar och annat löst skräp for åt alla håll. Det verkade till och med som om skugglöparna tillfälligt gjorde ett uppehåll i sin jakt. De fula bestarna drog sig brummande in i den djupa växtligheten. För att överrösta helikopterns dån vrålade han så högt han orkade:

– Spring mot lådan!

Han hade först nu upptäckt den konstiga metallådan som hängde uppe i ett träd över stigen. I sitt något grötiga sinne hade han fått för sig att helikoptern skickat ner den för att hämta upp deras lilla grupp. När buren plötsligt lyftes upp över trädkronorna och dinglande försvann tillsammans med helikoptern stirrade han tvivlande efter den. Den fördömda helikoptern hade lämnat dem. Alla dessa människor hade lämnats för att tömmas på blod av de vidriga skugglöparna. Han var för ögonblicket inte säker på vilka han hatade mest, odjuren i skogen eller människorna i helikoptern.

Någon hade i ett fåfängt försök att hålla skugglöparna instängda i dalen spänt ett nät genom skogen. Han hade sett det förut det var först nu han insåg att det kunde vara till nytta. En liten öppning fanns mitt på stigen och det var mot den som de vettskrämda byborna nu sprang. Josh tog ett fastare tag i sitt svärdshjalt och förberedde sig för sin sista strid. Nätet skulle inte hjälpa särskilt länge, det var han säker på. En skugglöpare skulle förmodligen springa rakt igenom det som om det vore gjort av toalettpapper. Klingan blänkte i hans hand och han tänkte återigen att han skulle vilja byta ut det mot en handfull med nya pilar. Ett svärd var på det hela taget värdelöst mot de här bestarna. Ett skrik skrämde honom och fick honom att hastigt vända sig om. Det han sedan såg skulle för all framtid få honom att ändra sig när det gällde vad han tyckte om svärd som trolljägarvapen.

Tom svettades under den stora svarta rocken. Allt hade gått käpprätt åt skogen. Först hade allt sett ut att gå bra men plötsligt hade skogen blivit översvämmad av troll. Han hade med mer tur än skicklighet lyckats dräpt två odjur men av ljudet att döma skulle det inte spela någon roll. Det fanns fortfarande massor av dem kvar. Just nu handlade det bara om att få så många skådespelare som möjligt med sig till lägret. Han hade jagat dem genom öppningen i det nät som av någon anledning spärrade av djungeln.

Tom hade ingen klar uppfattning om hur väl ett nät skulle stoppa sådana här monster men det måste ju finnas en anledning till att någon hade ansträngt sig med att sätta upp det. Tom fick för sig att det var Kurt och Lisa som satt upp det och trodde därför att de skulle vara säkra bara de kom till andra sidan. Det skulle ta en liten stund innan han förstod hur fel han hade.

Hon höll filmmanuset hårt tryckt mot bröstet, som om det var hennes sista livlina. Hoppet och tryggheten hon funnit i den reslige mannen hade försvunnit i samma ögonblick som han lämnat dem. Nu leddes hennes lilla grupp av en yngling som förvisso var klädd på ungefär samma sätt men som på inget sätt utstrålade samma självsäkerhet. May var 34 år och hade lite svårt att förstå hur en yngling, nästan bara en pojke, skulle klara av att hjälpa dem från vad det nu var som jagade dem.

Längtansfullt stirrade hon bort mot den plats där hon senast sett den stilige mannen försvinna. Det hade liksom pirrat av spänning inom henne varje gång hans mörka lugna blick fallit på henne. Med ogillande min blängde hon på ynglingen som med stora gester och höga rop försökte få den lilla gruppen att skynda på. Hennes skådespelarinstinkt skrek åt henne att den unge mannen spelade över och borde tona ner sin roll lite. Det var nästan så att hon väntade sig att en högtalarröst plötsligt skulle ropa: ”Bryt, omtagning”. Hon var faktiskt inte ens säker på att de var i fara på riktigt. Filmbolaget kanske bara utsatte dem för en kupp för att få lite äkta känsla av skräck och förvirring på film. Hade de gjort det så hade de lyckats väl, May var livrädd. Hon var inte särskilt religiös av sig men hon var trots allt amerikan så gudstron fanns inympad i hennes själ. Utan att tänka på vad hon gjorde föll hon på knä och knäppte sina händer. I sin förtvivlan bad hon till högre makter om en ängel som kunde rädda dem. Sekunden senare hörde hon något som fick henne att titta upp och hon häpnade när hon förstod att hon blivit bönhörd.

I ett gyllene skimmer sänkte sig en svärdsängel ner längs dalens branta sida. En ärkeängel som måste varit skickad från Guds egen boning för att hjälpa dem. Blicken blev plötsligt suddig då hennes ögon fylldes av tacksamma tårar.

Joanne såg med en äcklad min på Ax.

– Du är fasen i mig inte klok. Har du ens förstått vad du har gjort? Du sköt en medlem av Byrån för ovanliga händelser. Du dödade en av dem som faktiskt vet vad vi har att göra med här. Din dumma åsna! Han var kanske vårt enda hopp om att ta oss ur den här soppan. Om vi kommer hem igen ska jag se till att du blir inlåst för alltid.

Hon skrek som en megafon och hennes ögon blixtrade av vrede.

Helikoptern hade tillfälligt avbrutit henne men nu när både den och buren var borta slog det henne hur mycket deras grupp hade betytt för CIA. Ilskan över förräderiet ökade hennes vrede ytterligare.

Helikopter hade med lätthet kunnat rädda dem alla men den hade bara varit intresserad av fällan. De hade bara kommit för att hämta den och fullkomligt struntat i människorna som nu lämnades kvar för att dö. När oljudet efter maskinen tystnat vände hon sig åter mot Ax. Hon pekade på den allt mindre helikoptern.

– Tror du på riktigt att de där bryr sig det minsta om dig? De struntar fullkomligt i om du kommer hem eller inte. Allt de ville ha var fällan.

Hon såg intensivt på honom i väntan på svar. Först blev hon förvirrad, ögonblicket senare livrädd. Ax hade lett triumferande men helt plötsligt hade leendet stelnat och allt han svarade var: ”Oj då”.

Någonting hade visslat förbi över hennes axel och träffat honom mitt i bröstet. Med överraskande hastighet rycktes han sedan ner från bilens flak och drogs kvidande och med vilt uppspärrade ögon in under en stor buske. Joanne såg det fula monstret tydligt och hennes skräck fick henne att agera. Med en kraft som verkade övermänsklig högg hon instinktivt mot varelsen som var fullt upptagen med att suga blodet ur Ax likt ett barn som girigt tömmer en Festis. Den gav inte ett pip ifrån sig när svärdets synnerligen skarpa egg skiljde det fula huvudet från den minst lika fula kroppen. Med ett blött ljud drog besten ihop sig till en boll. Det gräsliga huvudet började långsamt bli matt i färgen och de stora ögonen förlorade sin glans. Käftarna var fortfarande slutna runt Ax sönderbrutna bröstkorg. Även hans ögon var matta och oseende. Hade hon haft tid hade hon kontrollerat om det fanns något hopp om att rädda honom men nu fanns inte den tiden. Hon hörde det brummande ljudet överallt inne bland buskarna och höjde sitt svärd för att åter kunna försvara sig. Det var när hon vände sig om mot ett hjärtskärande skrik som hon först häpnade och sedan började känna en liten smula hopp. Hennes vilt uppspärrade ögon följde en blixtrande figur som verkade flyga ner mot stigen.

Kurt insåg alldeles för sent att hans försök att nå ner till Tom hade varit förgäves. Pojken verkade än så länge klara sig ganska bra nere vid stigen men för Kurt själv hade turen tagit slut. Han insåg det så fort ljudet från helikoptern dog ut. Runt omkring honom brummade det och fräste bland buskar och blad. Han var helt omringad av de där vidriga monstren. Det skilde mindre än femtio meter mellan honom och Tom men han insåg att han aldrig mer skulle få krama sin pojke. Han stirrade på klingan i sin hand och tog ett stadigt tag om hjaltet. Tveksamt och lite ovant ställde han sig i vad han hade för sig var en defensiv utgångsposition. Det var när skugglika figurer började dyka upp i buskarna runt honom som han insåg att han inte skulle ha den minsta lilla gnuttan av en chans. När den första brummande varelsen tystnade och framträdde i all sin förskräcklighet stålsatte han sig. Blek av spänning, men också av en viss rädsla väntade han på anfallet som skulle avsluta hans liv. Ögonblicket senare ändrades hans ansiktsuttryck från förtvivlan till förvåning.

Lisa var bortkopplad från världen. Hon satt bara där och fingrade på den trasiga klingan. Som i trans reste hon sig och stirrade mot ravinens kant. Hennes pappa hade glidit över kanten och ut ur hennes liv. Det var som om hon var tvungen att se ravinens djup för att förstå att det var sant. Det var när hennes fötter hade svårt att finna fäste som hon vaknade upp ur sin förlamande sorg. Med en förvirrad min vred hon långsamt på huvudet för att se ner mot stigen. Först såg hon ingenting annat än okända människor som sprang mot hålet i nätet. När hon följde dem med blicken fick hon plötsligt syn på Tom. Han verkade desperat och såg synnerligen sliten ut där han stod och försökte rädda den lilla gruppen. Synen av Tom i fara väckte något inom henne. Sorg och förvirring trängdes undan av ren och skär vrede. Den bubblade upp och växte tills den nästan fick henne att explodera. Vreden förvandlade henne till den exempellöst duktiga jägare som Jan alltid sagt att hon hade inom sig.

När hon såg hur Tom förtvivlat och lite valpigt avvärjde en trollattack brast det. Ingen mer av dem hon älskade skulle dö i den här dalen. En röd ridå sänkte sig framför hennes ögon och hon spände armarna så att det knarrade i den blänkande rustningen. Med ett vilt skrik kastade hon sig in i striden. Vant drog hon sina båda klingor och sköt fart. Det ena svärdet var längre och hade trolljägarens klassiska rombruta i närheten av spetsen. Det andra svärdet hade en kortare klinga men var precis lika skarpt. Hon fått det i början av sin utbildning och det var egentligen till för övning. Jan hade gett det till henne den där första julen som hon var lärling hos honom. Svärdet var den första gåva hon någonsin fått och hon älskade det. Nu när hon hållit i Jans brustna klinga och sett honom dö kändes det som om hennes lilla svärd var den sista länken mellan henne och den far hon älskat.

I en blixtrande fart var hon framme vid den valhänt kämpande Kurt. Innan han ens förstått vad som hänt rullade flera ihopdragna trollkadaver runt bland buskarna. Svärden blixtrade och högg och den gnistande Lisa verkade då och då flyga mellan sina offer. Kurt hatade verkligen dessa vidriga troll. Han avskydde dem av hela sitt hjärta men här i denna dödens dal, när han såg Lisa fara fram som en demon tyckte han nästan synd om dem. De var så många men ändå tycktes de vara i underläge. Sydamerikansk skugglöpare påstods vara den snabbaste varelse i världen men nu verkade det som om de rörde sig i sirap. Lisa slog ut med svärdet en sista gång och spetsade ytterligare en ful best innan hon nådde ner till stigen.

Josh kliade sig förvirrat i huvudet och undrade om han fått en hjärnskada efter alla sina smällar. Det såg nästan ut som om Jans lärling flög. Hon verkade inte springa på marken som de andra utan flög och hoppade över buskar och gigantiska ormbunksplantor. Till vänster om honom rasade plötslig en hel drös med vidriga bestar fram genom djungelns grönska. Han bleknade ett ögonblick innan han insåg att de aldrig skulle nå honom. Flickan kom snurrande som en boll högt över hans huvud och försvann in bland odjuren. Han fick hoppa undan mer än en gång då runda trollkadaver kom farande ut ur djungeln likt överdimensionerade bowlingklot. Han fick plötsligt en förståelse för hur de vita käglorna på en bowlingbana måste känna sig. Det hade nästan slutat brumma runt dem nu. Några enstaka odjur verkade fortfarande vara i livet men de tycktes ha tappat lusten för den här jakten. Ett ensamt gråfärgat troll uppenbarade sig plötsligt på stigen framför honom. De stora ögonen såg länge på honom innan det långsamt började backa.

Trollet utstötte ett gällt pip som om det såg något som skrämde det. Josh förberedde sig för odjurets anfall men det kastade bara runt och försvann. Faktum var att det sprang så fort att lera och löv skvätte bakom det. Han stannade tvärt och stirrade förvirrat efter det. Under de hundratrettio år som han tjänstgjort som trolljägare hade han aldrig sett ett troll ur nattmarefamiljen fly. Dessa vidriga bestar brukade under normala omständigheter se allt som rörde sig som en del i deras kostcirkel. Den här taggiga besten verkade dessutom fly i vild panik. Han fortsatte att spana efter skugglöparen och funderade på om det var honom odjuret fruktat. En obehaglig tanke slog honom plötsligt. Odjuret hade flytt från något som den ansåg vara farligare än sig själv och detta något stod förmodligen bakom hans rygg. Försiktigt vred han på huvudet för att se vad det var som var så fruktansvärt att det fått odjuret att fly. På stigen stod Jans lärling. Hon hade huvudet sänkt så att hakan vilade mot bröstet och de båda svärden hotfullt hängande från sidorna. Det droppade av svart trollblod från klingornas spetsar. Lisa stod där och andades tungt som om hon bara väntade på att få sätta fart igen. Plötsligt lyfte hon på huvudet och såg honom rakt i ögonen. Först blev han lite rädd. Hennes blick utstrålade självbehärskning men lyste också av ett gränslöst hat. I nästa sekund försvann den farliga glimten och ersattes av bottenlös sorg. Flickan i den gnistrande rustningen förvandlades från ett livsfarligt sagoväsen till en snyftande flicka som bara ville ha tröst. Josh fick en plötslig känsla av att han ville hålla om henne. Det var också precis vad han gjorde.

Kurt anades flämtande och försökte förstå vad det var som just hade hänt. Lisa hade dragit vidare och bara lämnat en dödlig tystnad efter sig. Han såg sig förvirrat omkring men stelnade plötsligt till. Ett märkligt gnyende fick honom att snurra runt. Han stod inte långt från platsen där Jan hade mördats. Ilsket blängde han åt det håll där bilen stod men mördaren syntes inte till. Han såg Joanne men inte piloten. Nåväl, den dåren fick de ta hand om senare. Kurt ryckte till när han hörde det konstiga ljudet igen. Innan han bestämt sig för vad han skulle göra kom Lisas stora hund farande och började oroligt att krafsa i de taggiga klängväxterna som täckte kanten. Han höll svärdet i ett fast grepp när han försiktigt smög fram mot den stora stocken. Det var med en viss olustkänsla som han trampade i blodet som täckte marken men han var tvungen att se vad det var som fick hunden att bli så upphetsad. Kanske låg ännu ett av dessa odjur och gömde sig i undervegetationen. Det visade sig vara i det närmaste omöjligt att ta sig ända fram till ravinens kant. Hela områden var eroderade och fulla med håligheter som täcktes av de slingrande och taggiga markväxterna. Han rörde sig steg för steg fram till den allt ivrigare hunden. Vad var det Lisa hade kallade den? Han funderade en stund, Lolu. Så var det. Hunden var döpt efter de tokiga systrarna från Kina. Försiktigt lyfte han på de långa och snåriga plantorna som hängde likt långa rep ut över det bråddjupa stupet för att se vad som gjort hunden så ivrig. Först fick han en chock men sedan sprack han upp i ett leende. Med små rörelser och stor försiktighet började han röja undan de taggiga klängväxterna.

Jaha, så det var så här det var. Världen var ännu en gång upp och ner. Det var en onödigt bekant känsla att hänga på det här viset. Den här gången var dock inte alls lika trevlig som vid förra tillfället han hamnat så här. Då hade han blivit utknuffad ur en grotta av en rackarns Isdrake och haft en fantastisk utsikt. Nu visste han inte riktigt vad det var som hade hänt. Något hade slagit honom i bröstet och han kunde med säkerhet säga att det inte hade varit en skugglöpare. De var ena blodsugande monster men så starka så att de kunde slå honom sönder och samman det var de inte. Vad var det som hade hänt egentligen? Han visste inte och just då så brydde han sig inte heller. Han hängde upp och ner över en rytande flod och hade fruktansvärt ont. Hur det kom sig att han hamnat där fick bli en senare fråga. Nu gällde det att ta sig härifrån. Först försökte han dra sig upp för egen maskin men det var ett stort misstag. Så fort han försökte röra sig svartnade det för ögonen. Vänster arm var förmodligen bruten och med stor sannolikhet fanns det fler skador för i princip allt gjorde ont. Rösten fungerade om han viskade men försökte han att ropa kändes det som om han fick ett yxhugg i bröstet. Han ansträngde sig och fokuserade på att tränga undan smärtan innan han återigen försökte ropa. Patetiskt, allt han lyckades åstadkomma var ett ynkligt jamande. Han lät mer som en räddhågsen bondkatt än en mäktig trolljägare. Med lätta och ytliga andetag gjorde han ett nytt försök men nu lät det om möjligt ännu mjäkigare. Han hängde där och funderade på vad han skulle ta sig till när något började rassla vid hans insnärjda fötter. Med en plågsam rörelse tittade han ner, eller rättare sagt upp, och fick se Lolus borstiga nos uppenbara sig bland snåren. Han lät lättat huvudet sjunka tillbaka och slappnade av. Hunden hade hittat honom och nu fick de andra se till att han kom härifrån.

Smärtan i hans vänstra sida bultade våldsamt och han visste med säkerhet att det skulle bli en plågsam upplevelse att bli uppdragen. Han motstod frestelsen att rycka på axlarna men tillät sig att sucka tungt. Jaja, värken skulle gå över. Det gjorde det alltid, om man inte dog förstås men då försvann ju smärtan av sig själv i alla fall.

Joanne och Kurt lyckades med visst besvär dra upp den trasiga Jan till kanten av ravinen och försiktigt lägga honom i gräset. Först hade han gnällt lite men ganska snart hade han blivit överväldigad av smärtan och svimmat. När de väl var klara insåg de till sin förfäran att de lagt honom på samma plats där hans eget blod sedan tidigare färgat vegetationen röd. De satte sig på knä bredvid den medvetslösa trolljägaren och undersökte hans skador. Ett stort och djupt sår skar tvärs över hans kind och fortsatte ner längs hans ansikte. Under rockens skyddande stoppning hade han ett enormt blåmärke och förmodligen var några revben brutna. Vänster arm hade varit ur led men innan Jan återfått medvetandet hade Joanne dragit den till rätta. När de väl var klara insåg de vilken enorm tur han hade haft. Han var förvisso rejält tilltygad men skulle förmodligen klara sig. Joanne hade kollat så att han inte hade något blod i näsan eller munnen. Förutom ett bitmärke i tungan så såg det bra ut. Lungorna verkade inte vara punkterade. Hon förundrades över att en skinnrock kunde stoppa en kula i kaliber.50.

– Det måste ha gjort ont som tusan, mumlade hon när hon studerade blåmärket som täckte större delen av Jans bröstkorg.

Det var precis i det här läget som Lisa kom upp till den nu ganska blodiga och upptrampade platsen. Hon leddes av Josh som försökte hålla henne borta från Jans till synes livlösa kropp. Visste man inte bättre kunde man mycket väl tro att han var stendöd.

Förtvivlat slet hon sig loss och kastade sig ner på marken bredvid Jan. Hon skakade i hela kroppen samtidigt som hon grät hjärtskärande. Joanne tog snabbt tag om hennes axlar men Lisa kämpade emot.

– Han lever, jag lovar. Han lever och kommer att bli okej igen.

Joannes ord studsade bara mot Lisas medvetande utan att tränga in. Med ett nytt grepp om hennes axlar skakade hon henne och skrek:

– Han är inte död, han lever. Han kommer att bli bra igen.

Lisa stirrade först både förvirrat och ilsket mot henne innan hon fick något hoppfullt i blicken. Med en röst som lät som den kom från ett viskande spöke frågade hon:

– Lever han på riktigt? Ni säger inte bara det?

Hon böjde sig försiktigt fram och lade sin arm över Jans sargade bröst. Ett hest väsande som följdes av ett smärtsamt: ”Aj tusan”.

Det var de första ord Jan sa till sin dotter efter sin makalösa uppståndelse från de döda. När han väl såg vem som satt hos honom log han skevt och viskade:

– Hej gumman, är du fortfarande arg?

Hon grät och skrattade på samma gång samtidigt som hon ivrigt skakade på huvudet. Hennes hejdlösa glädjetårar gav honom nog ett tydligare svar än det hackande och snörvliga nejet.

13 Återtåg i återförening

Det skarpa ljuset från de uppställda strålkastarna lyste upp de massiva taggtrådshindren i dalen mynning. Två nervösa soldater stod på vakt vid bommen. Faktiskt samma killar som nästan hamnat i slagsmål då de inte kunnat komma överens om vem de sett vid bommen den där förra gången de hade nattpasset. De hade hört skottsalvor inne i dalen innan mörkret föll och nu när nya och märkliga ljud hördes från djungeln larmade de sin chef. Det tog inte många minuter innan ett hundratal soldater hängde över sandsäcksbarriären. De stod där i en lång rad med spända ansikten och sina vapen riktade mot djungelns ogenomträngliga grönska. I det tilltagande ljuset hörde de motorljud och röster men de såg inte någonting i strålkastarskenet. Några av soldaterna stäckte lite på sig för att se bättre. De bleknade märkbart när en stor vargliknande varelse gled in i ljuset. Den enorma besten kom ut mellan träden och var på väg rakt mot avspärrningen. Med oroliga miner började de plocka med sina vapen. Innan någon av dem hann börja skjuta kunde de se fler rörelser vilket fick soldaterna att gemensamt dra en lättnandes suck. Bakom den stora hunden kom en märklig liten karavan.

Längst fram åkte en av deras egna grönmålade jeepar med två minderåriga barn och en illa tilltygad man i baksätet. Den kördes av en sammanbiten blond kvinna. Soldaterna kände igen henne och visste att hon var från CIA. Bakom bilen kom först en ung man i svart rock med en pilbåge i ena handen. Den andra handen höll han ömt om flickan i den märkligt glittrande jackan. På huvudet hade flickan en guldfärgad krans som för tillfället satt lite på sned. I en lång rad efter dem kom delar av det försvunna filmteamet.

Översten stod vid bommen och räknade in dem. Enligt de siffror som han hade saknades det några stycken av filmbolagets folk. Dessutom hade CIA:s grupp minskat rejält. Av vad han kunde se så drog han den korrekta slutsatsen att alla utom en hade gått åt. Han tvekade ett ögonblick innan han beordrade soldaterna att ställa sig i givakt och öppna bommen. Han hade inte en aning om vad de gått igenom därute med det såg inte ut som om de haft det lätt. Berättelserna om hur Chupacabra tömmer en på blod florerade flitigt i den här delen av landet. Han skulle erbjuda sina tjänster när det gällde all hjälp de skulle kunna behöva men han tänkte inte luska i vad som hänt inne i dalen. Det var inte bra för nattsömnen att veta för mycket om sådana här saker. Översten skakade besvärat på sig när han såg att bilen drog på en hemmagjord släde.

Där låg tre döda kroppar under en indianfilt. Han rös av obehag och kände intensivt att han kunde behöva en tequila. Att det var de saknade CIA-männen tvekade han inte ett ögonblick på.

Filmbolagets personal kunde snabbt skickas i väg. Översten hade rekvirerat bussar som skulle köra dem till närmaste flygfält. Filmbolaget hade anlitat en mindre armé av psykologer och präster för att ta hand om de sina när de landade i USA. Skådespelarna skulle så småningom kunna återgå till ett ganska normalt liv. De var efter sina respektive behandlingar helt och hållet övertygade om att de blivit attackerade av svarta pumor. Att det inte fanns några svarta pumor var det tydligen ingen som tänkte på.

Jan satt lugnt tillbakalutad inne i det bekväma militärtältet. Han hade fått sina skador omplåstrade och även tilldelats en avsevärd mängd smärtstillande medel. Förutom att halva hans ansikte var täckt av stygn och svullet som en grapefrukt så tyckte han att han mådde ganska bra. Ja alltså, så bra som man nu kan må när man brutit tre av de övre revbenen och fått en spricka i skulderbladet. Dessutom hade han för inte allt för länge sedan haft en arm ur led. Det var som han själv sa:

– Jag mår ungefär som jag brukar efter ett sådant här äventyr.

Ett lågt skratt hade undsluppit honom vilket genast föranlett en grimas av smärta. Han fick snabbt ångra både skrattet och grimasen. Att skratta gjorde förbaskat ont i revbenen och att grimasera gjorde minst lika förbaskat ont i ansiktet.

Han hade haft ett långt samtal med Lisa och hade faktiskt fått förklara varför han ljugit för henne. Hon hade inte avbrutit honom en enda gång. Hon hade bara suttit där och smekt hans hand med tårarna rinnande nerför kinderna. Hela tiden med ett fåraktigt leende på läpparna. Hans till en början tveksamma och något haltande förklaring tog raskt fart när han upptäckte att hon inte sa emot. Grunden i det hela var att han sett hur lycklig hon blivit när drottning Elizabeth II sagt att hon var redo för att börja dricka drakbrygd. Enligt honom var det viktigt att man först tilläts bli vuxen innan man bromsade åldrandet. Inte ville hon väl vara ett barn i fyrtio år? Det andra, han rodnade och försökte harkla sig men stelnade till då det också gjorde ont, var det där med att dejta killar hemma i byn. Meningen med livet var att träffa någon och sedan få privilegiet att bli gammal med denne någon. En jägare som dricker drakbrygd åldras bara tiondelen så fort som en trygg. Du skulle tvingas se din älskade bli gammal och dö medan du själv inte blivit mer än några år äldre. Han snurrade så länge runt den problematiken att hon förstod att det faktiskt var någonting han oroade sig för.

Det var inte bara för att han inte tyckt om pojkarna hemma i byn utan för att han inte ville att hon skulle bli sårad. Lisas ögon fylldes av fler tårar och hennes kinder rodnade av skam. Allt han hade tänkt på var hennes bästa. Han hade försökt skydda henne från världens alla sorger och hon hade skällt ut honom för det. Hennes hårda ord om att han aldrig varit kär kom plötsligt tillbaka till henne och det högg till i bröstet. För första gången under hans förklaringar och ursäkter avbröt hon honom med en stilla fråga.

– Min mamma var ju en trygg och du blev kär i henne. Tänkte du inte så här då?

Han hade bara skakat på huvudet åt hennes fråga.

– Jag hade tänkt sluta på byrån. Jag skulle sluta så fort jag kom hem från Kina. Vi skulle rymma och leva som en vanlig familj. Jag hade tänkt bli fribrytare och lägga av med drakbrygden. Det finns vissa saker i livet som är viktigare än att få leva i en evighet.

Det syntes tydligt i Lisas ansikte att det var något hon inte förstod.

– Vad är en fribrytare för något? Varför skulle ni rymma i stället för att bara sluta? Det finns ju faktiskt ingen som tvingar oss att jobba med det här.

Jan förklarade vidare med en lätt road min.

– Slutar man så tar de din utrustning men du får ändå fungera som kontaktperson. Byrån släpper inte sina vidsynta så lätt. Rymmer man så kan man ta med hela sin utrustning och sköter sin egen jakt. En fribrytare överger inte den ädla uppgiften och låter mörkret ta över. Han fortsätter kampen men utan att blanda in byrån.

Lisa tystnade när hon försökte föreställa sig hur hennes liv skulle sett ut utan skolan för vidsynta och lärlingstiden hos Jan. Naturligtvis önskade hon att hon hade fått träffa sin mamma, men de äventyr hon fått uppleva under de senaste åren hade format henne till den hon var. Hon önskade sig inget annat liv än det hon redan hade. Med något ömt i blicken såg hon på Jans sargade ansikte och hur en ensam tår leta sig ner över hans svullna kind. Hon visste hur mycket han hade älskat hennes mamma och det räckte. Hans ena mungipa vinklades lite uppåt när han såg hennes tankfulla ansiktsuttryck.

– Med lite tur så kanske du och Tom…

Han tystnade med en road min när han såg hur hon blev högröd i ansiktet. Jodå, med lite tur kanske den här resan också kunde sluta lyckligt, tänkte han roat och log. Jodå, med lite tur så.

Joanne satt på golvet i Josh stora tipi när Jan och Lisa långsamt och försiktigt kom in. Det hade gått en vecka sedan de kommit tillbaka till lägret och utanför var de flesta av militärens tält borta. Endast en liten grupp soldater var kvar. Det stora fältsjukhuset stod fortfarande till deras förfogande men både översten och de flesta av hans soldater hade lämnat lägret.

Nattens mörker fylldes av ljuden från skogens alla varelser och det var ett tydligt tecken på att allt hade återgått till att vara som vanligt igen. I tipins mitt brann en värmande eld och alla utom Jan satt runt den. Han låg uppallad på en hög med filtar utmed kanten. Det var han som kallat till det här mötet efter att han fått en rak fråga från Joanne. Hon hade helt enkelt ställt den uppenbara frågan: ”Vilka är ni och hur kan jag bli en av er?”. De hade vridit och vänt på frågan en lång stund men inte lyckats komma till någon lösning. Det var Josh som slutligen förklarade för henne hur det låg till.

– Du är inte vidsynt. Eller det kanske du är men du har inte gått på skolan för vidsynta. Du kan förmodligen aldrig bli en av oss.

Han förklarade aldrig vilka ”oss” egentligen var eller vad deras jobb gick ut på men det behövdes förmodligen inte.

Jan sneglade mot henne innan han mumlade (det är så man pratar när man är svullen och sydd i halva ansiktet):

– Berätta om dig själv och var du kommer ifrån. Jag vill gärna förstå hur det kan komma sig att du på egen hand lyckades dräpa två skugglöpare. Det är ingen liten bedrift ska du veta.

Joanne rodnade när hon fick beröm men sneglade sedan bort mot

Lisa och kom ihåg att de hittat trettiotvå bollkadaver ute i dalen. Hon hade dödat två, Tom tre, Josh fem och Kurt hade vad de visste inte dräpt ett enda. Då måste Lisa på egen hand ha dräpt tjugotvå troll. Hon skakade lätt på huvudet. Det var helt otroligt. Ingen borde kunna använda sin kropp så som hon sett Lisa göra. Det var den här världen hon ville bli en del av. Hon ville bli en jägare precis som Lisa.

Det var faktiskt Tom som knäckte gåtan om hur Joanne lyckats så väl. Han ställde en rak och enkel fråga utan några baktankar.

– Vem var din morfar?

Joanne berättade om sin morfar och hur hon växte upp uppe i bergen efter att hennes föräldrar dött i en bilolycka. Det tog bara några minuter innan Josh började växla blickar med Jan och viskande inleda en konversation.

– Vad tror du om det här? Tycker du att det låter trovärdigt?

Det var tidigt på morgonen när Josh tog upp problemet igen. Jan ryckte på axlarna men grimaserade genast av smärta.

– Aj tusan, jo, jag vet inte. Det är något konstigt med den kvinnan. Hon är inte en av oss men klarade ändå av att dräpa ett par skugglöpare. Det borde vara omöjligt för en trygg att klara något sådant.

Josh såg sig omkring som för att se om någon kunde höra innan han lutade sig mot Jan och viskade:

– Jag tror jag vet vem hennes morfar var. Kommer du ihåg Edvin Swensson?

Jan stirrade på honom som om han berättat att månen var gjord av ost.

–Trolljägaren som försvann? Han som gifte sig med en trygg och gav sig av för att få privilegiet att åldras tillsammans med sin kärlek?

Jan fick något drömmande i blicken. Det hade varit Edvins modiga flykt som gett honom idén att själv göra samma sak. Sedan hade Jans stora kärlek försvunnit tillsammans med deras gemensamma barn. Det hade tagit många år innan han slutligen lyckats lista ut vad som hade hänt. När han återigen slappnade av och lutade sig mot kuddarna fortsatte han sitt resonemang.

– Mannen som drottningen varit så arg på kunde alltså ha varit Joannes morfar? Jaa, det skulle förklara en hel del. Hon är alltså en av oss men ändå inte.

Josh nickade instämmande.

– Mm, hon har framfört en önskan om att få bli Lisas lärling. Fast hon sa kanske inte exakt så. Hon sa att hon ville bli som Lisa. Tror du att du kan lära upp henne?

Josh såg forskande på honom. Efter ett långt uppehåll nickade Jan tankfullt.

– Hon kan grunderna men är egentligen för gammal för att läras upp. Jag skulle förmodligen kunna få fason på henne om jag fick chansen. Frågan är bara om byrån kommer att godkänna det?

Josh började oväntat att skratta.

– Om byrån bästa utbildare vill ta sig ann en ny lärling tror jag att de kommer att tacka och ta emot. Det är ju inte så att vi har långa köer med sökande utanför dörren.

Hur han fick till det där med byråns bästa utbildare kunde Jan inte riktigt förstå men med tanke på hur väl Lisa artade sig så var det kanske sant. Han lade sig till rätta och stirrade upp i det olivgröna tälttaket. När han tänkt över sina alternativ nickade han och log.

– Då gör vi ett försök. Det är någonting speciellt med henne.

En gammal veteran som för bara några år sedan funderade på att dra sig tillbaka skulle alltså ta sig ann en ny lärling. Än fanns det lite krut kvar i gubben.

Epilog

John Ditch, CIA:s högsta chef hade hoppat av glädje och gjort high five med sin talskrivare när andresekreteraren för den paranormala avdelningen hade ringt. Carl Witt hade meddelat honom om att den hemliga specialstyrkan äntligen hade lyckats fånga en utomjording. John såg en möjlighet att sno åt sig äran och bestämde sig för att skippa alla mellanhänder. Genom att personligen överlämna varelsen till presidenten skulle han kunna försäkra sig om att ingen annan kunde roffa åt sig det beröm som skulle ösas över överlämnaren. Till andresekreterare Carls oförställda förvåning och tilltagande vrede hade John beordrat helikoptern med den topphemliga lasten att åka raka vägen till Camp David. Han visste att det var där presidenten för närvarande höll till. Carls försiktiga inlägg om att det kanske skulle vara på sin plats att några specialister fick titta på fångsten innan den visades upp för presidenten möttes bara med förakt.

– Vi behöver visa Bill att det är CIA han ska vända sig till om han vill ha resultat. Då har vi inte utrymme för en massa byråkratiskt dravel.

John visste mycket väl att hans senaste uttalande om hur stark den irakiska ledaren Saddam Hussein nu hade blivit inte landat väl hos den sittande presidenten. Nu var det dags att skifta fokus från den lilla fadäsen till något storslaget och spektakulärt. Ingenting kunde väl vara mer spektakulärt än att låta en nyligen infångad utomjording landa på presidentens gräsmatta? John Ditch talade helt kort med presidentens sekreterare och var både ohövlig och dumdryg när han avslutade samtalet med:

– Tala bara om för Bill att jag är på väg, personligen.

Det här ögonblicket ville han verkligen inte missa. presidenten skulle få ångra att han inte litat på John Ditch.

När hans privata helikopter svävade fram över landskapet dagdrömde han om hur presidenten skulle komma att häpna över den märkliga varelsen. Naturligtvis skulle presidenten överösa honom med beröm och hedersbetygelser. John själv skulle då låtsas rodna och blygt säga att han bara hade gjort sin plikt som amerikan. Han gled vidare i sina funderingar: Detta kunde faktiskt vara den chans han alltid sökt efter för att själv kunna bli president. Som direktör över CIA visste han naturligtvis att allt om utomjordingen skulle hållas hemligt. Men om just den här hemligheten skulle råka läcka ut kunde den fungera som hans personliga språngbräda mot oanade höjder. John flinade när han började fundera över vilken av landets ledande tidningar som skulle få ett anonymt brev med bilder av en utomjording.

Med belåten min lutade han sig bekvämt tillbaka i den stoppade flygstolen. Han skulle med ett par små läckor kunna nå sina drömmars mål. President John Ditch, det låg bra i munnen. Hans pilot hade precis meddelat honom att de bara hade tolv minuter kvar till landning när den avlyssningssäkra telefonen ringde. Han fumlade nervöst med knapparna då han såg vem det var som ringde.

Det tog en liten stund innan han lyckades koppla in samtalet till sitt headset. Förberedd på gränslöst beröm togs han med total överraskning av samtalet.

– Ja det här är John, god dag herr president. Jaa, jag…

Efter de inledande orden satt han bara tyst och stirrade ut genom fönstret. I hans headset dundrade en ilsken röst ut fråga efter fråga men John Ditch hade slutat lyssna och lät tankarna sakta vandra i väg: Pensionär? Jaa, det lät också bra.

Utan att vänta på att hans högsta chef och president skulle skälla färdigt tryckte John av samtalet. Han väntade tills interntelefonen återigen var kopplad till piloten innan han sa:

– Vänd, vi behöver inte åka till Camp David.

Redan innan han landat i Langley hade Vita huset gått ut med ett pressmeddelande där det stod att Förenta staternas president skulle utse en ny chef för CIA. John Ditch hade fått sparken efter bara ett år på posten.

President Bill Clinton hade stått på den stora och synnerligen välklippta gräsmattan tillsammans med sina två livvakter när den stora Chinook-helikoptern dundrade in över dem. En anonym låda hängde och dinglade under dess svartmålade buk. Helikoptern hovrade och hissade försiktigt ner sin last. Det klickade i vajerlåsen när den lösgjordes från helikoptern. Flygmaskinen hängde kvar över gräsmattan i några sekunder innan den med ett vrål vände och försvann.

Presidenten såg förväntansfullt på de släta stålplåtarna som täckte sidorna.

– Pete, öppna den, sa han och pekade på sin närmaste livvakt.

Den utvalda vakten flackade nervöst med blicken innan han lydde sin chef och smygande närmade sig lådans låsmekanism. Med en räddhågsen min och försiktiga rörelser satte han magnetnyckeln mot mottagaren och slog en fyrsiffrig kod. Som en skrämd hare hoppade han sedan undan samtidigt som sidorna föll ut åt alla håll. Presidenten stirrade först häpen på burens innehåll innan hans ögonbryn drogs ihop i en grimas. Med bister min morrade han rakt ut i luften.

– Kan någon vara så vänlig att ringa upp John Ditch och fråga varför det har landat en låda innehållande en jäkla aztekindian på min gräsmatta?

Livvakten som tidigare öppnat lådan var en stor beundrare av amerikansk urfolkshistoria och kände nu ett behov av att rätta sin chef. (Något onödigt och faktiskt snudd på korkat kan man tycka.) Han pekade på buren och började förklara:

– Ursäkta mig sir, men jag tror att det vi har att göra med här en mayakrigare, inte en aztekindian. Skillnaderna är flera men…

Han slutade hastigt att prata när han såg sin presidents mördande blickar.

Robert Carlings JR upptäckte efter sin vådliga flygtur i den egendomliga lådan att han plötsligt hamnat framför självaste presidenten. Robert ansåg sig vara en professionell skådespelare och släppte inte sin karaktär i första taget. När lådan öppnades var det dock väldigt nära att han gjorde det. Det är inte varje dag man helt oväntat står öga mot öga med USA:s mäktigaste man. Det tog flera sekunder innan han åter gick in i rollen som Örnöga, den sista mayakrigaren. Örnöga skulle aldrig vika ner sig för en amerikansk president. En riktig mayakrigare skulle försöka döda honom. Robert, ja, alltså Örnöga, kastade sig med utspärrade fingrar mot president Clinton för att försöka göra just det.

Skådespelaren Robert Carlings JR fick först duktigt med stryk av de båda livvakterna för att sedan få ytterligare en omgång av presidenten själv. När den hårdhänta behandlingen var över kastades han in i en skåpbil för vidare transport till närmaste mentalsjukhus. Robert Carlings JR kom att bli kvar där en väldig, väldigt lång tid.

När CIA:s nya chef förstått att hela slagstyrkan inom avdelningen för paranormal aktivitet försvunnit utsågs två nya agenter. Den här gången fick det bli personal ur de egna leden. Då den nya chefen inte hade några stora förhoppningar om framgång såg han till att det inte blev någon av hans bästa agenter som fick uppgiften. Nu stod alltså två män i mörka kostymer ute i den mexikanska djungeln och såg bedrövat på en illa tilltygad jeep. De hade skickats ut för att hämta bilen och röja bort alla spår av CIA:s inblandning i den misslyckade operationen.

När de slutligen gett upp sina försök att få loss bilen och var på väg ut ur djungeln hände något märkligt.
Lugnt och stilla passerade en mindre karavan med märkligt klädda människor platsen där de stod. Agent B som var närmast höjde rösten och ställde den ganska uppenbara frågan:
–Vad tusan är ni för ena och vad gör ni här?
Han förde sedan en kort konversation med en av de egendomligt

utstyrda männen innan han återvände till sin partner. Mannen hade förklarat att de var turister som gillade att besöka gamla ruiner. Nu var de på väg in i dalen för att studera en gammal helgedom.

Agent A hade sneglat efter dem samtidigt som han förvirrat kliat sig i huvudet.

– Varför bar de med sig stora säckar med salt?

Agent B som fortfarande inte riktigt förstått vad det var han sett lyfte sina solglasögon och såg besviket på sin kollega.

– Menar du allvar? Är det första du tänker på när du ser dem? Att allihop hade långa svarta skynken på sig och att de bar svärd i bältet och armborst i händerna är inget du tycker är konstigt? Men vad vet jag, där du kommer i från kanske det är normalt.

Han lät sina solglasögon falla på plats och skakade uppgivet på huvudet åt sin kamrats uppenbara oförmåga att se de viktiga detaljerna. Något agenterna naturligtvis inte kunde ha en aning om var att de så kallade turisterna egentligen var trolljägare från Kina. De hade kallats in för att salta ett golv i en viss grotta långt inne i den ångande djungeln. En grotta där golvet var fullt av slem och där tusen och åter tusen identiska ”stenar” stod uppställda i snirkliga mönster.

Vad agenterna inte heller hade aning om var att de själva snart skulle vara legendariska och för alltid vara insvepta i ett skimmer av mystik. De hade nämligen fått det tvivelaktiga nöjet att ta över avdelningen för insamling av utomjordisk teknik. Då den gamla CIA-chefen hastigt fått lämna sin post och den nya inte fått någon information om vad avdelningen hade för uppdrag blev det en ganska otacksam uppgift. Deras budget skar ner så till den milda grad att de blev tvungna att låna grejor från andra statliga myndigheter. Den jeep de skulle ha hämtat i djungeln var förlorad och de fick inte ut någon ny. De båda agenterna fick i stället låna en gammal svart Dodge av Secret Service. Just presidentens skyddsstyrka verkade ha hur mycket pengar som helst och blev snart deras huvudsakliga sponsor då det kom till utrustning. Med andra ord reste de båda agenterna snart kors och tvärs över USA körandes en gammal svart bil. Då även arbetskläderna kom från Secret Service var de klädda i svarta kostymer med tillhörande solglasögon. Utrustade på det viset åkte de sedan runt och frågade främlingar om de sett några utomjordingar. År ut och år in skulle de båda agenterna åka landet runt i jakten på utomjordisk aktivitet. Något napp skulle de dock aldrig få. Efter att de besökt hundratals galningar som påstått sig sett flygande tefat och annat strunt hade agenterna tappat sugen. När agent B (som var den något smartare av de två. Vilket i just deras fall kanske inte betydde så mycket) lyssnat på ännu en virrig och uppenbart påhittad historia om flygande tefat hade han bittert konstaterat:

–Jaha, då är det precis som det brukar. Du har inte sett någonting alls. Förstår du vad jag säger? Du har inte sett ett skit! Jag förstår inte varför du tror att utomjordingar skulle knacka på hos dig. Letade de efter intelligent liv vore nog inte du den första de besökte.

Efter sin lilla utläggning vände han och lufsade moloket tillbaka till bilen.

Den av hembränt påstrukne jordnötsodlaren och påstådda vittnet till att ha sett ett UFO hade av någon anledning tolkat agent B:s uttalande som ett hot. Dessutom ansåg han sig av någon anledning ha blivit kränkt av den statlige tjänstemannen. I ett inlägg skrev han därför om händelsen på UFO-Amerikas hemsida. Allt fler av föreningens medlemmar hakade på jordnötsodlarens historia och kunde samstämmigt (om än inte särskilt trovärdigt) vittna om hur män i svarta kostymer besökt dem kort efter att de sett ett flygande tefat. Med tanke på hur många det var som påstod sig haft med dessa män att göra skulle våra agenter behövt besöka fler hem per dag än vad tomten gör på julafton. Dessa medlemmar var dessutom övertygade om att staten ville dölja något och försöker tysta dem. De var helt enkelt vanliga knäppjökar som ville att utomjordingar skulle finnas på riktigt. Utöver att de hade önskan om utomjordingars existens gemensamt bands de också samman av något annat. De var allesammans livrädda för männen i de

svarta kostymerna.
Legenden om männen började spridas och när svarta bilen kom rullande hände det att folk vända sig om och viskade. Utan att agenterna hade en aning om det hade de i omvärldens ögon blivit ”Männen i svart”. Då det var i USA de befann sig så var det naturligtvis på engelska orden uttalades. Så det är mer korrekt att säga att de kallades ”Men in black”.

Det blev ett rörigt årsmöte i de andalusiska bergen det året. Drottning Elizabeth II hade först tvärvägrat att lyssna på Jan och Joshs utläggning om att ta in Joanne som lärling. Hon var vresig och tjurig och återvände gång på gång till det som hon ansåg vara den ömmande punkten.

– Hennes släkt har övergivit oss förut. Varför ska vi utbilda någon som kanske sticker så fort hon är färdig?

Det handlade alltså inte om att hon inte hade gått genom skolan för vidsynta barn utan om något helt annat. Det var Josh som med ett illa dolt flin frågade:

– Saknar drottningen honom?

Elizabeth rodnade häftigt av den indiskreta frågan vilket fick de båda trolljägarna att förstå att hon förmodligen gjorde det. Kunde det ha varit så att drottningen och han haft ett… Nej så långt fick man inte gå i sina funderingar.

– Och du, du har all anledning att ta det väldigt försiktigt. Drottningen pekade anklagande på Jan som genast suddade ut sitt leende och återtog en neutral min.

–Jag ska ta det försiktigt för att…?

– Jag gav för flera år sedan order om att din lärling skulle börja med drakbrygd. Hon står här utanför och hon verkar ha växt ovanligt raskt för att vara någon som dricker den där smörjan. Hennes anklagande blick borrade sig in i Jan. För en sekund övervägde han att ljuga men ångrade sig och sa som det var.

– Det var för tidigt. Jag ville inte att hon skulle vara ett barn i en livstid. Vi har bara nytta av starka och friska individer ute på fältet och ett barn, oavsett hur duktigt, har ännu inte uppnått sin fulla potential.

Drottningen frustade irriterat och verkade först ta i för att fortsätta sin utskällning. Sedan rätade hon på sig och såg ut som om hon faktiskt höll med. Hon nickade och verkade för en sekund överlägga med sig själv.

– Ja ja, du kan ha en poäng där. Jag ska inte lägga mig i detaljerna. Men den här nya är för gammal för att gå som lärling. Hon måste vara i närmare 30 år, sa hon och pekade mot den stängda dörren.

– Hon är 32 år. Är du orolig för att hon inte ska respektera sin lärare? Jag är 226 så jag tror nog att jag kan hålla koll på henne. Jan tyckte inte om att tala om sin ålder men det var viktigt att få chefen att förstå att åldern inte var något problem. Drottningen fnös men hejdade sig sedan och såg fundersam ut.

– Hon ville bli lärling till Lisa. Ska jag godkänna den där, människan så kan jag inte tillåta det men jag kan tänka mig att göra som du säger om... Hon får blir din lärling och dina problem. Hennes min ändrades plötsligt till ett varmt leende innan hon fortsatte: Du gjorde ett riktigt bra jobb med den andra flickan. Hon är riktigt duktig. Jag har för avsikt att avsluta hennes lärlingstid och göra henne till jägare.

Jan såg förvirrat på drottningen. Det var synnerligen ovanligt att den kvinnan missade några detaljer men nu verkade det som om hon faktiskt hade gjort det.

– Du menar att du skall göra henne till trolljägare?

Drottningen log spjuveraktigt och skakade på huvudet.

Nej, hon blir jägare. Vad jag har förstått klarar hon av att jaga allt möjligt.

Jan var övertygad om att han hade hört fel.

– Men det finns väl ingen som har titeln ”jägare”?

Drottning Elizabeth II:s leende blev bredare.

– Inte än, den första blir utnämnd i morgon på årsmötet.

Joanne blev, precis som drottningen bestämt, inte lärling till Lisa utan fick efter mycket om och men gå som lärling tillsammans med Jan. Hon hade inte riktigt förstått hur det hela gått till och var till en början lite missnöjd. En gammal gubbe i hans ålder skulle väl inte kunna lära henne någonting? Det tog inte mer än ett par dagar innan hon insåg att han hade allt att lära henne. Om inte annat skulle hennes ömmande kropp tala om det för henne. Den gossen kunde verkligen hantera ett svärd.

Hon lärde sig snabbt att älska hans varma, mörka röst och de kattlikt smidiga rörelser som hon endast sett en glimt av nere i Mexiko. Det fanns en hemlighetsfull mystik som låg som en tunn slöja runt hela hans väsen och dessutom var han stark som en björn. När ett år hade förflutit tyckte hon dessutom inte att han var någon gubbe längre. Han var faktiskt väldigt gullig.

Jan visste inte vad han skulle säga. Mitt i en övning hade hon hade bara lutat sig fram och kysst honom. Visst var hon underbar och rolig, men det skiljde faktiskt 200 år mellan dem. Han hade rodnat och på sitt, när det kom till kvinnor, klassiskt osäkra vis stammat fram just den lilla detaljen. Joanne hade skrattat åt honom och bara sagt att om det var så att han ville ha en äldre hustru så kunde hon låta bli drakbrygden några år. Jan funderade under ett antal sömnlösa nätter innan han insåg att hon faktiskt hade rätt. Åldern spelade ingen större roll om man hade tillgång till drakbrygd.

De gifte sig i den ståtliga slottskyrkan följande vår. När en legend inom byrån för ovanliga händelser gifter sig kommer det gäster från hela världen. Det var allt från en engelsk drottning till trolljägare från Saharas ökenslätter. Från Kina kom självaste Mary Lee, den nye chefen för byråns kinesiska avdelning. Hon hade tillsammans med sina närmaste medarbetare anlänt till Stockholm några dagar tidigare. Mary hade tillsammans med drottningen bestämt att från kyrkan skulle Jan och Joanne Jäspersson köras i en elegant limousine som bekostades av den kinesiska delegationen. Faktum var att det till och med var kinesisk personal som skulle köra bilen.

Det blev en fantastisk tillställning med glada skratt och underbara berättelser från världens alla hörn. Jägare från de olika divisionerna var inte bara duktiga yrkesmän (och kvinnor), de var också fantastiska historieberättare. När kvällen led mot sitt slut gick en överlycklig Jan tillsammans med sin nyblivna hustru ut genom slottsportarna. Han skrattade och vinkade till alla dem som stod i dörren för att se paret åka. Han log fortfarande brett när de satt sig i bilen. Joanne lutade sig över honom och kysste honom ömt. I backspegeln fick han i precis det ögonblicket se vem som satt bakom ratten i den eleganta bilen. Den församlade folkmassan uppe på slottstrappan som väntat på just det ögonblicket skrattade så att det ekade mellan de höga väggarna. När bilen skuttade i väg hördes Jans förtvivlade vrål över halva stan.

– Men, är ni inte kloka? Nej, stanna, STANNA. Inte galningarna! SNÄÄLLLAAAA!

I sätet bredvid föraren flinade Lu busigt mot sin syster.

– Kör syrran. Plattan i mattan. Visa dem hur en riktig drakjägare gör när hon sitter bakom ratten.

Den vrålade motorn lyckade nästan överrösta Jans förtvivlade ylanden när den enorma bilen dundrade ut i natten.

I de skotska högländerna, i närheten av drakreservatet står en liten borg. Det är en byggnad av sten med ett litet torn som sitter vid sidan av huset. Den lilla familjen som bor i den något märkliga byggnaden sköter om reservatet och ser till att drakarna inte ger sig i väg. En av dem sköter dessutom jakten på de förskräckliga glastrollen som stryker runt ute på hedarna. Det är egendomliga bestar som är i det närmaste genomskinliga. I den tidiga morgonens stigande dimma jagar de allt som råkar komma i deras väg. De är av en egen ras, glastrollen, och de hade under många år varit ett elände för byrån att hantera. Om någon trygg lyckats överleva ett möte med ett glastroll har de sedan berättat historier om allt från vålnader till dansande älvor. Nu är de rackarna trollen inget större problem längre. Det bor nämligen en väldigt speciell jägare i stugan. Faktum är att det bor två jägare där. En drakjägare och en som bara benämns som jägare. Det unga paret gifte sig bara några veckor efter Jan och Joanne. Jag hälsade på dem för några veckor sedan. Lille Jan Junior är fem år nu. Han har redan fått en liten rustning och bär på ett kort litet svärd. Man kan redan nu se att han kommer att gå i sin mors fotspår.

P.S.

Skulle någon trygg råka läsa den här berättelsen har jag bara en sista liten sak att förtälja. Även om du är helt övertygad om att allting jag berättat bara är sagor och fantasier så kanske du ändå ska överväga följande råd.

Är du någon gång ensam och vilse i ödemarken men känner att du är iakttagen? Skrik inte, spring!

Känner du plötsligt lukten av död tång och ruttnade kött vid kanten av en mörk liten tjärn? Skrik inte, spring!

Är du i skogen under nattens mörka timmar och hör märkliga ljud bakom dig? Skrik inte, spring!

Spring för ditt liv och se dig inte om. Spana i stället framåt och hoppas på att du får syn på en trolljägare. Har du tur bär jägaren en gnistrande vit rustning och dubbla svärd. Det är hon som är vår bästa. Naturligtvis kommer du inte att tro vad dina ögon visar men hon finns där ute. Jajamen så är det, hon finns där för att du ska vara TRYGG.

D.S.